Sommerduft für deine Seele

Sommerduft für deine Seele

Geschichten & Gedanken für eine gute Zeit

benno

Bibliografische Information der Deutschen Nationalbibliothek
Die Deutsche Nationalbibliothek verzeichnet diese Publikation in der Deutschen Nationalbibliografie; detaillierte bibliografische Daten sind im Internet über
http://dnb.d-nb.de abrufbar.

Besuchen Sie uns im Internet unter:
www.st-benno.de

Gern informieren wir Sie unverbindlich und aktuell
auch in unserem Newsletter zum Verlagsprogramm,
zu Neuerscheinungen und Aktionen.
Einfach anmelden unter www.st-benno.de.

ISBN 978-3-7462-3853-1

Zusammengestellt von Volker Bauch, Leipzig
Umschlaggestaltung: Ulrike Vetter, Leipzig
Umschlagfoto: © Anna-Mari West/Shutterstock
Gesamtherstellung: Kontext, Lemsel (A)

INHALT

Vorfreude auf die schönste Zeit im Jahr

KLANG DER STILLE

Gerhard Schöne

Manchmal liege ich und lausche
bang in mich hinein.
Kommt das Lärmen noch zur Ruhe,
ist das Schweigen rein?
Ist die Stimme schon erstorben,
die einst in mir sprach?
Kommt ein Same noch zur Reife,
liegt das Feld schon brach?

Manchmal liege ich und lausche,
ob ich noch versteh,
was die Lerchen mir erzählen
überm roten Klee?

Hör ich noch den Klang der Stille
wie vor Jahren heut?
Hab mich oft vor ihr verborgen,
oft, zu oft zerstreut.

Manchmal liege ich und lausche,
und dann kommt es vor,
dass der weiche Schoß der Erde
hebt mich leicht empor.

Und dann hör ich deutlich reden
Lerche, Wind und Klee,
stehe auf und sage: Amen,
eh nach Haus ich geh.

DER WETTERMACHER

JOHANN PETER HEBEL

Gleichwie einem Siebmacher oder einem Hafenbinder, wenn er in einem kleinen Ort zu Hause ist, können seine Mitbürger nicht das ganze Jahr Arbeit und Nahrung geben, sondern er begibt sich auf Künstlerreisen im Revier herum und geht seinem Verdienst nach; also auch der Zirkelschmied ist fleißig darauf im andern Revier und handelt nicht mit Zirkeln, sondern mit Trug und Schelmerei, um die Leute zu berücken und sich freizutrinken im Wirtshaus. Also erscheint er einmal in Oberehningen und geht gerade zum Schulz. „Herr Schulz", sagt er, „könntet Ihr kein ander Wetter brauchen? Ich bin durch Eure Gemarkung gegangen. Die Felder in der Tiefe haben schon zu viel Regen gehabt, und auf der Höhe ist das Wachstum auch noch zurück." Der Schulz meinte, das sei geschwind gesagt, aber besser machen sei eine Kunst. „Ei", erwidert der Zirkelschmied, „auf das reise ich ja. Bin ich nicht der Wettermacher von Bologna? In Italien", sagte er, „wo doch Pomeranzen und Zitronen wachsen, wird alles Wetter auf Bestellung gemacht. Darin seid ihr Deutsche noch zurück." Der Schulz ist ein guter und treuherziger Mann und gehört zu denen, die lieber geschwind reich werden möchten als langsam. Also leuchtete ihm das Anbieten des Zirkelschmieds ein. Doch wollte er vorsichtig sein. „Macht mir morgen früh einen heitern Himmel", sagte er, „zur Probe, und ein paar leichte weiße Wölklein dran, den ganzen Tag Sonnenschein und in der Luft so zarte, glänzende Fäden. Auf den Mittag könnt Ihr die ersten gelben Sommervögel los lassen, und gegen Abend darfs wieder kühl werden." Der Zirkelschmied erwiderte: „Auf einen Tag kann ich mich nicht einlassen, Herr Schulz. Es trägt die Kosten nicht aus. Ich unternehms nicht anderst als auf ein Jahr. Dann sollt Ihr aber Not haben, wo Ihr Eure Frucht und Euern Most unterbringen wollt." Auf die Frage des Schulzen, wie viel er für den Jahrgang fordere, verlangte er zum Voraus nichts als täglich einen Gulden und freien Trunk, bis die Sache eingerichtet sei, es könne wenigstens drei Tage dauern; „hernach aber von jedem Saum Wein, den Ihr mehr bekommt", sagte er, „als in den besten Jahren, ein Viertel, und von jedem Malter Frucht einen Sester." – „Das wär nicht veil", sagte der Schulz. Denn dortzuland sagt man veil statt viel, wenn man sich hochdeutsch explizieren will. Der Schulz bekam Respekt vor dem Zirkelschmied und explizierte sich hochdeutsch. Als er nun aber Papier und Feder aus dem Schränklein holte und dem Zirkelschmied das Wetter von Monat zu Monat vorschreiben wollte, machte ihm der Zirkelschmied eine neue Einwendung: „Das geht nicht an, Herr Schulz! Ihr müsst auch die Bürgerschaft darüber hören. Denn das Wetter ist eine Gemeindssache. Ihr könnt nicht verlangen, dass die ganze Bürgerschaft Euer Wetter annehmen soll." Da sprach der Schulz: „Ihr habt recht! Ihr seid ein verständiger Mann.“

Der geneigte Leser aber ist nun der Schelmerei des Zirkelschmieds auf der rechten Spur, wenn er zum Voraus vermutet, die Bürgerschaft sei über die Sache nicht einig geworden. In der ersten Gemeindsversammlung wurde noch nichts ausgemacht, in der siebenten auch noch nichts, in der achten kams zu ernsthaften Redensarten, und ein verständiger Gerichtsmann glaubte endlich, um Fried und Einigkeit in der Gemeinde zu erhalten, wärs am besten, man zahlte den Wettermacher aus und schickte ihn fort. Also beschied der Schulz den Wettermacher vor sich: „Hier habt Ihr Eure neun Gulden, Unheilstifter, und nun tut zur Sache, dass Ihr fortkommt, eh Mord und Totschlag in der Gemeinde ausbricht.“ Der Zirkelschmied ließ sich nicht zweimal heißen. Er nahm das Geld, hinterließ eine Wirtsschuld von zirka vierundzwanzig Maß Wein, und mit dem Wetter blieb es, wie es war.

Item, der Zirkelschmied bleibt immer ein lehrreicher Mensch. Merke, wie gut es sei, dass der oberste Weltregent bisher die Witterung nach seinem Willen allein gelenkt hat. Selbst wir Kalendermacher, Planeten und übrigen Landstände werden nicht leicht um etwas gefragt und haben, was das betrifft, ruhige Tage.

UND IMMER SCHÖNERE TAGE KAMEN UND SCHÖNERE

Adalbert Stifter

Wohl kam Pfingsten näher und näher, aber zu der Schwüle, die unbekannt und unsichtbar über des Jünglings Herzen hing, gesellte sich noch eine andere, über dem ganzen Dorfe drohend, ein Gespenst, das mit unhörbaren Schritten nahte; – nämlich jener glänzende Himmel, zu dem Felix sein inbrünstiges Auge erhoben, als er jene schwere Bitte abgesandt hatte, jener glänzende Himmel, zu dem er vielleicht damals ganz allein emporgeblickt, war seit der Zeit wochenlang ein glänzender geblieben, und wohl hundert Augen schauten nun zu ihm ängstlich auf. Felix, in seiner Erwartung befangen, hatte es nicht bemerkt; aber eines Nachmittags, da er gerade von der Heide dem Dorfe zuging, fiel ihm auf, wie denn heuer gar so schönes Wetter sei; denn eben stand über der verwelkenden Heide eine jener prächtigen Erscheinungen, die er wohl öfters, auch in morgenländischen Wüsten, aber nie so schön gesehen, nämlich das Wasserziehen der Sonne: – aus der ungeheuren Himmelsglocke, die über der Heide lag, wimmelnd von glänzenden Wolken, schossen an verschiedenen Stellen majestätische Ströme des Lichtes, und, auseinanderfahrende Straßen am Himmelszelte bildend, schnitten sie von der gedehnten Heide blendend goldne Bilder heraus, während das ferne Moor in einem schwachen milchigen Höhenrauche verschwamm.

So war es dieser Tage oft gewesen, und der heutige schloss sich wie seine Vorgänger; nämlich zu Abends war der Himmel gefegt, und zeigte eine blanke hochgelb schimmernde Kuppel.

Felix ging zu der Schwester, und als er spät abends in sein Haus zurückkehrte, bemerkte er auch, wie man im Dorfe geklagt, dass die Halme des Kornes so dünne standen, so zart,

die wolligen Ähren pfeilrecht empor streckend, wie ohnmächtige Lanzen.
Am andern Tage war es schön, und immer schönere Tage kamen und schönere.
Alles und jedes Gefühl verstummte endlich vor der furchtbaren Angst, die täglich in den Herzen der Menschen stieg. Nun waren auch gar keine Wolken mehr am Himmel, sondern ewig blau und ewig mild lächelte er nieder auf die verzweifelnden Menschen. Auch eine andere Erscheinung sah man jetzt oft auf der Heide, die sich wohl früher auch mochte ereignet haben, jedoch von niemand beachtet; aber jetzt, wo viele tausend und tausend Blicke täglich nach dem Himmel gingen, wurde sie als unglückweissagender Spuk betrachtet: nämlich ein Waldes- und Höhenzug, jenseits der Heide gelegen, und von ihr aus durchaus nicht sichtbar, stand nun öfters sehr deutlich am Himmel, dass ihn nicht nur alles sah, sondern dass man sich die einzelnen Rücken und Gipfel zu nennen und zu zeigen vermochte – und wenn es im Dorfe hieß, es sei wieder zu

sehen, so ging alles hinaus, und sah es an, und es blieb manchmal stundenlang stehen, bis es schwankte, sich in Längen- und Breitenstreifen zog, sich zerstückte, und mit eins verschwand.

Die Heidelerche war verstummt; aber dafür tönte den ganzen Tag, und auch in den warmen taulosen Nächten das ewige einsame Zirpen und Wetzen der Heuschrecken über die Heide, und der Angstschrei des Kibitzes. Das flinke Wässerlein ging nur mehr wie ein dünner Seidenfaden über die graue Fläche, und das Korn und die Gerste im Dorfe standen fahlgrün und wesenlos in die Luft, und erzählten bei jedem Hauche derselben mit leichtfertigem Rauschen ihre innere Leere. Die Baumfrüchte lagen klein und missreif auf der Erde, die Blätter waren staubig, und von Blümlein war nichts mehr auf dem Rasen, der sich selber wie rauschend Papier zwischen den Feldern hinzog.

Es war die äußerste Zeit. Man flehte mit Inbrunst zu dem verschlossenen Gewölbe des

Himmels. Wohl stand wieder mancher Wolkenberg tagelang am südlichen Himmel, und nie noch wurde ein so stoffloses Ding wie eine Wolke von so vielen Augen angeschaut, so sehnsüchtig angeschaut, als hier – aber wenn es Abend wurde, erglühte der Wolkenberg purpurig schön, zerging, löste sich in lauter wunderschöne zerstreute Rosen am Firmamente auf, und verschwand – und die Millionen freundlicher Sterne besetzten den Himmel.

So war der Freitag vor Pfingsten gekommen; die weiche, blaue Luft war ein blanker Felsen geworden. Vater Niklas war Nachmittags über die Heide gekommen, das Bächlein war nun auch versiegt, das Gras bis auf eine Decke von schalgrauem Filze verschwunden, nicht Futter gebend für ein einzig Kaninchen; nur der unverwüstliche und unverderbliche Heidesohn, der misshandelte und verachtete Strauch, der Wachholder, stand mit eiserner Ausdauer da, der einzige lebhafte Feldbusch, das grüne Banner der Hoffnung; denn er bot freiwillig gerade heuer eine solche Fülle der

größten blauen Beeren, so überschwänglich, wie sich keines Heidebewohners Gedächtnis entsinnen konnte. – Eine plötzliche Hoffnung ging in Niklas' Haupte auf, und er dachte als Richter mit den Ältesten des Dorfes darüber zu raten, wenn es nicht morgen oder übermorgen sich änderte. Er ging weit und breit und betrachtete die Ernte, die keiner gesäet, und auf die keiner gedacht, und er fand sie immer ergiebiger und reicher, sich, weiß Gott, in welche Ferne erstreckend – aber da fielen ihm die armen tausend Tiere ein, die dadurch werden in Notstand versetzt sein, wenn man die Beeren sammle: allein er dachte, Gott der Herr wird ihnen schon eingeben, wohin der Krammetsvogel fliegen, das Reh laufen müsse, um andere Nahrung zu finden.
Da er heimwärts in die Felder kam, nahm er eine Scholle und zerdrückte sie, aber sie ging unter seinen Händen wie Kreide auseinander – und das Getreide, vor der Zeit Greis, fing schon an, sich zu einer tauben Ernte zu bleichen. Wohl standen Wolken am Himmel,

die in langen milchweißen Streifen tausendfasrig und verwaschen die Bläue durchstreiften, sonst immer Vorboten des Regens; aber er traute ihnen nicht, weil sie schon drei Tage da waren, und immer wieder verschwanden, als würden sie eingesogen von der unersättlichen Bläue. Auch manch anderer Hausvater ging händeringend zwischen den Feldern, und als es Abend geworden, und selbst zerstückte Gewitter um den Rand des Horizontes standen, und sich gegenseitig Blitze zusandten, – sah ein von der Stadt heimfahrender Bauer selbst die halbgestorbene Großmutter mitten im Felde knien und mit emporgehobenen Händen beten, als sei sie durch die allgemeine Not zu Bewusstsein und Kraft gelangt, und als sei sie die Person im Dorfe, deren Wort vor allen Geltung haben müsse im Jenseits.

Die Wolken wurden dichter, aber blitzten nur und regneten nicht.

Wie Vater Niklas zwischen die Zäune bog, begegnete er seinem Sohne, und siehe, dieser ging mit traurigem Angesichte einher, mit

weit traurigerem als jeder andere im Dorfe.
„Guten Abend, Felix“, sagte der Vater zu ihm, „gibst du denn die Hoffnung ganz auf?“
„Welche Hoffnung, Vater?“
„Gibt es denn eine andere als die der Ernte?“
„Ja, Vater, es gibt eine andere; – die der Ernte wird in Erfüllung gehen, die andere nicht. Ich will es Euch sagen, ich selber habe etwas für Euch und das Dorf getan. Ich habe zu den Obrigkeiten der fernen Hauptstadt geschrieben, und ihnen den Stand der Dinge gemeldet; ich habe Freunde dort und manche haben mich lieb gehabt, – sie werden Euch helfen, dass ihr keinen Hauch von Not empfinden sollt, und auch ich werde so viel helfen, als in meiner Kraft ist. Aber tröstet Euch und tröstet das Dorf: alle Hilfe von Menschen werdet Ihr nicht brauchen; ich habe den Himmel und seine Zeichen auf meinen Wanderungen kennen gelernt, und er zeigt, dass es morgen regnen werde. – Gott macht ja immer alles, alles gut, und es wird auch dort gut sein, wo er Schmerz und Entsagung sendet.“

„Möge dein Wort in Erfüllung gehen, Sohn, dass wir zusammen glückliche Festtage feiern.“

„Amen“, sagte der Sohn, „ich begleite Euch zur Mutter; wir wollen glückliche Festtage feiern.“

Pfingstsamstagsmorgen war angebrochen, und der ganze Himmel hing voll Wolken; aber noch war kein Tropfen gefallen. So ist der Mensch. Gestern gab jeder die Hoffnung der Ernte auf, und heute glaubte jeder, mit einigen Tropfen wäre ihr geholfen. Die Weiber und Mägde standen auf dem Dorfplatze und hatten Fässer und Geschirr hergebracht, um, wenn es regne und der Dorfbach sich fülle, doch auch heuer, wie sonst, ihre Festtagsreinigungen vornehmen zu können und feierliche Pfingsten zu halten. Aber es wurde Nachmittag, und noch kein Tropfen war gefallen, die Wolken wurden zwar nicht dünner – aber es kam auch Abend, und kein Tropfen war gefallen.

Spät nachts war der Bote zurückgekommen, den Felix in die Stadt zur Post gesendet, und brachte einen Brief für ihn. Er lohnte den Boten, trat, als er allein war, vor die Lampe seines Tisches und entsiegelte die wohlbekannte Handschrift:

„Es macht mir vielen Kummer, in der Tat, schweren Kummer, dass ich Ihre Bitte abschlagen muss. Ihre selbstgewählte Stellung in der Welt macht es unmöglich, zu willfahren; meine Tochter sieht ein, dass es so nicht sein kann, und hat nachgegeben. Sie wird den Sommer und Winter in Italien zubringen, um sich zu erholen, und sendet Ihnen durch mich die besten Grüße. Sonst Ihr treuer, ewiger Freund."

Der Mann, als er gelesen, trat mit schneebleichem Angesichte und mit zuckenden Lippen von dem Tische weg – an den Wimpern zitterten Tränen vor. Er ging ein paarmal auf und ab, legte endlich das erhaltene Schreiben langsam auf den Tisch, schritt mit dem Lichte gegen einen Schrein, nahm ein Päckchen Briefe heraus, legte sie schön zusammen, umwickelte sie mit einem feinen Umschlage, und siegelte sie zu – dann legte er sie wieder in den Schrein.

„Es ist geschehen", sagte er atmend, und trat ans Fenster, sein Auge an den dicken, finstern Nachthimmel legend. Unten stand ein verwelkter Garten – die Heide schlummerte – und auch das entfernte Dorf lag in hoffnungsvollen Träumen.

Es war eine lange, lange Stille.

„Meine selbstgewählte Stellung", sagte er endlich sich emporrichtend – und im tiefen, tiefen Schmerze war es wie eine zuckende Seligkeit, die ihn lohnte. Dann löschte er das Licht aus und ging zu Bette.

Des andern Morgens, als sich die Augen aller Menschen öffneten, war der ganze Heidehimmel grau, und ein dichter, sanfter Landregen träufelte nieder.

Alles, alles war nun gelöset; die freudigen Festgruppen der Kirchgänger rüsteten sich, und ließen gern das köstliche Nass durch ihre Kleider sinken, um nur zum Tempel Gottes zu gehen und zu danken – auch Felix ließ

es durch seine Kleider sinken, ging mit und dankte mit, und keiner wusste, was seine sanften, ruhigen Augen bargen.
So weit geht unsere Wissenschaft von Felix, dem Heidebewohner. – Von seinem Wirken und dessen Früchten liegt nichts vor: aber sei es so oder so – trete nur getrost dereinst vor deinen Richter, du reiner Mensch, und sage: „Herr, ich konnte nicht anders, als dein Pfund pflegen, das du mir anvertraut hast“, und wäre dann selbst dein Pfund zu leicht gewesen, der Richter wird gnädiger richten als die Menschen.

EIN SOMMER MIT PAUL GERHARDT

HARALD PFEIFFER

Wissen Sie eigentlich, wie das Lied heißt, in dem ein Muskel aufgefordert wird, sein Haus zu verlassen und den Begründer der modernen Psychoanalyse aufzusuchen? Natürlich kennen Sie es! Es ist eines unserer schönsten geistlichen Lieder:

1. Geh aus, mein Herz, und suche Freud
in dieser schönen Sommerzeit
an deines Gottes Gaben;
schau an der schönen Gärten Zier,
und siehe, wie sie mir und dir
sich ausgeschmücket haben.

2. Die Bäume stehen voller Laub,
das Erdreich decket seinen Staub
mit einem grünen Kleide.
Narzissen und die Tulipan,

die ziehen sich viel schöner an
als Salomonis Seide.

3. Die Lerche schwingt sich in die Luft,
das Täublein fliegt aus seiner Kluft
und macht sich in die Wälder;
die hochbegabte Nachtigall
ergötzt und füllt mit ihrem Schall
Berg, Hügel, Tal und Felder.

4. Die Glucke führt ihr Völklein aus,
der Storch baut und bewohnt sein Haus,
das Schwälblein speist die Jungen;
der schnelle Hirsch, das leichte Reh
ist froh und kommt aus seiner Höh
ins tiefe Gras gesprungen.

5. Die Bächlein rauschen in dem Sand
und malen sich an ihrem Rand
mit schattenreichen Myrten,
die Wiesen liegen dicht dabei
und klingen ganz vom Lustgeschrei
der Schaf und ihrer Hirten.

6. Die unverdrossne Bienenschar
zieht hin und her, sucht hier und da
die edle Honigspeise.
Des süßen Weinstocks starker Saft
bringt täglich neue Stärk und Kraft
in seinem schwachen Reise.

7. Der Weizen wächset mit Gewalt,
darüber jauchzet jung und alt
und rühmt die große Güte
des, der so überreichlich labt
und mit so manchem Gut begabt
das menschliche Gemüte.

8. Ich selber kann und mag nicht ruhn,
des großen Gottes großes Tun
erweckt mir alle Sinnen;
ich singe mit, wenn alles singt,
und lasse, was dem Höchsten klingt,
aus meinem Herzen rinnen.

9. Ach, denk ich, ist es hier so schön,
und lässt du's uns so lieblich gehn

auf dieser armen Erden.
Was will doch wohl nach dieser Welt
dort in dem reichen Himmelszelt
und güldnen Schlosse werden?

10. Welch hohe Lust, welch heller Schein
wird wohl in Christi Garten sein?
Wie muss es da wohl klingen,
da so viel tausend Seraphim
aus einem Mund, mit heller Stimm
ihr Halleluja singen?

„Es ist mir immer, als ginge die Sonne auf, wenn der Name in mein Gedächtnis tritt … Seine Lieder sind Wunder der Sprache. Wunder des innigen Gemütes, in deren Bann wir Heutigen ebenso stehen wie die drei Jahrhunderte vor uns“, bekennt Rudolf Alexander Schröder von Paul Gerhardt.
Und so ist es: Seine Lieder strahlen durchweg eine wohltuende Frische, Fröhlichkeit und Freude aus. Fließt nicht gerade das Sommerlied, sein bekanntestes geistliches Volkslied,

über von Schwung und Glanz? Atmet dieses Lieblingslied der kleinen und großen Kinder nicht in einer hellen, klaren Luft? Was Paul Gerhardt hier ausspricht, sagt er in einer einfachen Sprache, ungekünstelt, aber geformt vom Adel der Kunst. Ein Meisterstück, das seinesgleichen sucht. Was er singt, kommt ihm vom Herzen. Und deshalb gehen seine Strophen uns so zu Herzen, üben auf uns ihre Wirkung aus wie eh und je.

„Die Bächlein rauschen in dem Sand und malen sich an ihrem Rand mit schattenreichen Myrten."

Verse aus dem 65. Psalm fallen mir ein: „Du suchst das Land heim und wässerst es und machst es sehr reich. Gottes Brünnlein hat Wassers die Fülle." Wasser – Ursprung der Schöpfung, Quelle des Lebens. Wie beruhigend ein murmelnder, rauschender Bach auf mich wirkt, beobachte ich immer wieder in den Bergen. Unaufhörlich fließt das kristallklare Wasser, umspült und umspielt die Steine, plätschert munter fließend weiter.

Wie die Gärten sich mit Bäumen schmücken, so auch die Wasserbäche, sie malen sich an ihrem Rand mit schattenreichen Myrten, das heißt, sie zieren ihre Ufer mit diesen immergrünen Bäumen und Sträuchern. Die Myrten lieben das Wasser. Sie gehören der Hirtenlieddichtung des Altertums, der bukolischen Welt an. Paul Gerhardt malt in dieser Strophe das Bild einer idyllischen Landschaft. Dazu gehören die Wiesen als Symbol lebendigen, frischen Grünens, sie liegen dicht dabei. Mit dem klingenden Lustgeschrei der Schafe und Hirten erweckt Gerhardt eine freudig bewegte Stimmung, eine malerisch-musikalische Atmosphäre.

„Die unverdrossne Bienenschar fliegt hin und her, sucht hier und da die edle Honigspeise." Wenn im Wonnemonat Mai die hellen Blüten der Rosskastanie leuchten, lockt ihr Duft die Bienen an. Einen Augenblick schwirren sie summend vor einer Blütenkerze, landen dann auf ihr und holen sich den süßen Nektar. Ich verstehe jetzt, dass die Biene ein Symbol des

Fleißes ist. Etwa 1500 Blüten besucht sie, dann hat sie so viel süßen Saft in sich, dass sie zum Bienenstock zurückfliegt und den Nektar in ihre Wabe entleert.
So fliegt sie ohne Verdruss hin und her, auch in der Industriewelt. Besonders der Obstbau braucht diese emsigen Insekten wie eh und je. Stets gern folge ich dem Rat in den Sprüchen (24,13): „Iss, mein Sohn, Honig, denn er ist gut." Oft genug ist diese allersüßeste Frucht ein willkommenes Heilmittel.
Der Kirchenvater Ambrosius vergleicht die Kirche mit einem Bienenkorb, den Christen mit einer im Stock fleißig arbeitenden Biene, die von allem nur das Beste, den Honig, behalte. Welch zu schöner Vergleich, um wahr zu sein. Und in der Osternacht singen katholische Glaubensbrüder sogar das Bienenlob, einen Lobpreis der Biene, weil sie das Wachs für die Osterkerze bereitet.
„Des süßen Weinstocks starker Saft bringt täglich neue Stärk und Kraft in seinem schwachen Reise."

Seitdem ich unweit von Weinbergen wohne, verweile ich gern in ihnen. Dort gibt es keine Hast. Die Ruhe ist wohltuend, die Luft wohlig, angenehm und warm. Ich sehe es dem Weinstock nicht an, dass er eine der empfindlichsten und anspruchsvollsten Kulturpflanzen ist. Zunächst ist er noch ein knorriges, unansehnliches Gewächs auf rauem Boden. Erst wenn die gleichmäßigen fünflappigen Blätter treiben, erlangt er eine gewisse Gefälligkeit. Einen sonnenreichen, südlichen Sommer braucht die Rebe, sollen die Trauben voll ausreifen.

Und dann der September und der Oktober – bedeutsame Zeit, in der Rainer Maria Rilke im „Herbsttag" seinen Schöpfer bittet: „Jage die letzte Süße in den schweren Wein." Viel Fleiß und Schweiß fordert der Weinstock, um Frucht zu geben, denn erst im fünften Jahr beginnt er zu tragen. Aber dann steht er viele Jahre, manchmal ein Menschenalter lang. Und immer wieder erfreut der Wein den Menschen. Im Alten Testament ist er Gottesgabe,

Zeichen des Segens. Im Neuen Testament, im Johannesevangelium, ist der Weinstock Lebensbaum. Er gleicht dem Baum mit seinen Ranken, die von ihm mit Lebenskraft durchströmt werden und getrennt von ihm verdorren. Jesus, der Ursprung des wahren Lebens, wird dem Leben gegenübergestellt, das in der Natur anschaulich wird am Weinstock. Wahres Leben ist nur in Verbindung mit Jesus zu erlangen. Der Weinstock – ein Symbol Christi.

Im Junius

IM JUNIUS

MATTHIAS CLAUDIUS

Aber die Lenzgestalt der Natur ist doch wunderschön; wenn der Dornstrauch blüht und die Erde mit Gras und Blumen pranget! So 'n heller Dezembertag ist auch wohl schön und dankenswert, wenn Berg und Tal in Schnee gekleidet sind und uns Boten in der Morgenstunde der Bart bereift; aber die Lenzgestalt der Natur ist doch wunderschön! Und der Wald hat Blätter, und der Vogel singt, und die Saat schießt Ähren, und dort hängt die Wolke mit dem Bogen vom Himmel, und der fruchtbare Regen rauscht herab –

Wach auf mein Herz und singe
Dem Schöpfer aller Dinge –

's ist, als ob Er vorüber wandle, und die Natur habe Sein Kommen von ferne gefühlt und stehe bescheiden am Weg in ihrem Feierkleid und frohlocke!

JUNIABEND

EVA STRITTMATTER

Kleine Flöte aus Grün: die Stimme
der Amsel.
Am Juniabend tönt sie die Zeit.
Die still steht und zittert.
Das Grün ist durchbittert
Von Regen, bis hallend der Wildtäuber schreit
Und lässt die Zeit durch
Kehlwölbungen rollen.
Die kleine Flöte verstummt verschreckt.
Doch der Täuber hat mit dem lebenstollen
Ruf das Gewissen der Sonne geweckt.
Und das Grün wird entbittert,
die Zeit wird bewegt.
Und die Flöte der Amsel wird blau ausgelegt.

BESUCH AUF DEM LAND

Lew Tolstoi

Es waren heiße, windstille Junitage. Das Laub im Walde war saftig, dicht und grün, nur hie und da fielen gelbe Blätter von Birken und Linden. Die Hagebuttensträucher waren besät mit duftigen Blüten, auf den Waldwiesen stand dichter honigsüßer Klee, dunkelschimmernd wogte dicht der Roggen, mit schon halbvollen Ähren. Unten am Fluss schrie der Wachtelkönig, im Hafer und Roggen knarrten und schlugen die Wachteln, in den Wäldern ließ sich die Nachtigall nur vereinzelt kurz hören und verstummte wieder. Es herrschte trockene, glühende Hitze. Auf den Wegen lag unbeweglich fingerhoher, trockener Staub und erhob sich als dichte Wolke, mal nach rechts, mal nach links ziehend, wenn hin und wieder ein leises Lüftchen aufkam.

Die Bauern machen ihre Bauarbeiten fertig und fahren Mist. Das Vieh leidet Hunger auf dem verdorrten Brachfeld in Erwartung der Grumternte. Kühe und Kälber brüllen mit hochgekrümmten Schwänzen und entlaufen den Hirten von der Raufe. Kinder hüten Pferde auf Straßen und Abhängen. Weiber schleppen aus dem Walde Säcke voll Gras heran, große und kleine Mädchen kriechen um die Wette im abgeholzten Walde im Gebüsch herum und suchen Beeren, um sie an die Sommergäste zu verkaufen.
Die Fremden, die in buntverzierten Sommerhäuschen mit krauser Architektur wohnen, spazieren entweder in leichten, sauberen, teuren Kleidern auf den mit Sand bestreuten Pfaden oder sitzen im Schatten der Bäume oder in Lauben an gestrichenen Tischen, stöhnen über die Hitze und trinken Tee oder kühlende Getränke.
Vor der prächtigen von Nikolaj Semionowitsch bewohnten Datsche mit Turm, Veranda, Balkons, Galerien – alles ist so schön

frisch, neu und sauber! – steht eine als Troika bespannte Kalesche, die für fünfzehn Rubel „hin und her", wie der Kutscher sagte, einen Herrn aus Petersburg gebracht hat.

Dieser Herr war ein bekannter liberaler Politiker, der stets an allen Komitees, Kommissionen und Eingaben beteiligt war, und ebenso an all den immer höchst schlau zurechtgemachten, angeblich getreu-untertänigen, in Wahrheit aber äußerst liberalen Adressen. Er ist aus der Stadt gekommen (aus der er sich, als enorm beschäftigter Mensch, nur einen einzigen Tag entfernen kann), um seinen Freund und Jugendgespielen, der beinah sein Gesinnungsgenosse ist, zu besuchen.

Ihre Meinungen gehen nur ganz wenig auseinander hinsichtlich der praktischen Anwendung des konstitutionellen Prinzips. Der Petersburger Herr – sehr europäisch gesinnt, sogar ein ganz klein wenig zum Sozialismus neigend – bezieht aus den von ihm bekleideten Ämtern ein sehr hohes Gehalt. Nikolaj Semionowitsch dagegen ist eine echt russische

Natur, streng rechtgläubig mit einem Anhauch von Slawophilie; er besitzt viel tausend Desiatinen Land.

Sie hatten im Garten gespeist – fünf Gänge; vor Hitze aber hatten sie fast nichts gegessen, so dass alle Mühen des mit vierzig Rubel monatlich besoldeten Kochs und seiner Gehilfen, die sich alle zu Ehren des Gastes ganz besonders angestrengt hatten, eigentlich vergeblich gewesen waren. Die Herrschaften hatten nur die eisgekühlte Botwinja mit frischem Weißlachs gegessen und verschiedenerlei schön geformtes, mit Zuckerstückchen und Biskuits verziertes Eis genommen.

An der Mittagstafel hatten teilgenommen der Gast, ein liberaler Arzt, der Hauslehrer der Kinder – ein Student und wilder Sozialrevolutionär, den Nikolaj Semionowitsch aber im Zügel zu halten wusste –. Mari, Nikolaj Semionowitschs Gattin, und drei Kinder, von denen das kleinste erst zur Nachspeise erschien.

[...]

Man hatte um sieben Uhr gespeist. Nach Tisch saßen die Gäste auf der Veranda, tranken zur Abkühlung kaltes Narsanwasser mit Eis und Weißwein und plauderten.

DIE NACHTIGALL

THEODOR STORM

Das macht, es hat die Nachtigall
Die ganze Nacht gesungen;
Da sind von ihrem süßen Schall,
Da sind in Hall und Widerhall
Die Rosen aufgesprungen.

Sie war doch sonst ein wildes Kind;
Nun geht sie tief in Sinnen,
Trägt in der Hand den Sommerhut
Und duldet still der Sonne Glut
Und weiß nicht, was beginnen.

Das macht, es hat die Nachtigall
Die ganze Nacht gesungen;
Da sind von ihrem süßen Schall,
Da sind in Hall und Widerhall
Die Rosen aufgesprungen.

UNTERWEGS

Gerhard Schöne

Die Bäume haben sich dünn gemacht.
Das Dickicht ward sauber planiert.
Der Hans hat die Fiedel zum Trödler gebracht.
Jetzt wird er als Discjockey geführt.
Zu Johannis wird nicht mehr getanzt
  unterm Mond,
die Lampions sind längst verstaubt.
Vielleicht kommt ein Film, dass das
  Aufbleiben lohnt.
Bis zehn Uhr ist Singen erlaubt.

Wohin soll die Nachtigall,
wohin soll ich?
Da fehlt was,
sagt mir mein Gefühl.
Ich mal' meine Sehnsucht,
ich bin unterwegs.
Das ist es noch nicht,
das Ziel.

Das Unkraut habn wir mit Gift weggemacht,
die Grillen sind tot oder still.
Die Frösche verließen den Dorfteich
  bei Nacht,
sie flohen vor Lauge und Müll.
Das Spiel unsrer Kleinen ist qualifiziert.
Keins spielt mehr mit Holz oder Lehm.
Der Stahlbetonspielplatz ist desinfiziert,
die Wartung der Kinder bequem.

  Wohin soll die Nachtigall,
  wohin soll ich?
  Da fehlt was,
  sagt mir mein Gefühl.
  Ich mal' meine Sehnsucht,
  ich bin unterwegs.
  Das ist es noch nicht,
  das Ziel.

Der Harlekin wischte die Schminke
  vom Mund,
weil er keinen Kunstpreis erhielt.

Jetzt sammelt er harmlose Witzelchen und
hat nur noch in Nachtbars gespielt.
Jetzt läuft es sich leichter, jetzt geht es
schon glatt.
Die Bäume hier sind registriert.
Die Alten warn hungrig, und wir sind so satt,
so satt, dass man manchmal fast friert.

Wohin soll die Nachtigall,
wohin soll ich?
Da fehlt was,
sagt mir mein Gefühl.
Ich mal' meine Sehnsucht,
ich bin unterwegs.
Das ist es noch nicht,
das Ziel.

VOR DEM SOMMERREGEN

RAINER MARIA RILKE

Auf einmal ist aus allem Grün im Park
man weiß nicht was, ein Etwas,
  fortgenommen;
man fühlt ihn näher an die Fenster kommen
und schweigsam sein. Inständig nur und stark

ertönt aus dem Gehölz der Regenpfeifer,
man denkt an einen Hieronymus:
so sehr steigt irgend Einsamkeit und Eifer
aus dieser einen Stimme, die der Guss

erhören wird. Des Saales Wände sind
mit ihren Bildern von uns fortgetreten,
als dürften sie nicht hören was wir sagen.

Es spiegeln die verblichenen Tapeten
das ungewisse Licht von Nachmittagen,
in denen man sich fürchtete als Kind.

Die beste Zeit im Jahr

DIE BESTE ZEIT IM JAHR IST MEIN

MARTIN LUTHER

Die beste Zeit im Jahr ist mein,
da singen alle Vögelein.
Himmel und Erden ist der voll,
viel gut Gesang da lautet wohl.

Voran die liebe Nachtigall
macht alles fröhlich überall
mit ihrem lieblichen Gesang,
des muss sie haben immer Dank.

Viel mehr der liebe Herre Gott,
der sie also geschaffen hat,
zu sein ein rechte Sängerin,
der Musica ein Meisterin.

Dem singt und springt sie Tag und Nacht,
seins Lobes sie nichts müde macht:
den ehrt und lobt auch mein Gesang
und sagt ihm einen ewgen Dank.

KINDERSOMMER

FRIEDERIKE MAYRÖCKER

Erträumter einsamer blauer Engel
in meinem Herzen läutet ein heller Regen
in meinen Händen blühen die
  Glockenblumen
Salbeiblüten wehen mich an
die Perlenkette der Tränen gleitet
an den liegenden Schläfen nieder
immer ist Nachmittag
immer bin ich über einer Brücke von Staub
mein Birnbaum wirft Scherben ab
leise flötet der Schatten
mein Fuß ist warm und nackt an der Erde
drüben im dunklen Bereich der Schaukel
geigt die Angst
die Stuben sind dumpf und vertraut
über den feuchten Schwellen
blühen Schwertlilien auf

Abend lila und leicht
Abend durch vergessene Fenster
Abend
ich muß mein heißes hüstelndes Kranksein
in hohen Kissen verbergen
Nacht
ich lasse Akazienblätter treiben
ich liebe den Wind
die rauschenden runden Weiden führen
  irgendwohin
eine Mohnblume wartet auf mich.

RASCHLEBIGER SOMMER

HERMANN HESSE

Ein leidenschaftlicher und raschlebiger Sommer war angebrochen. Die heißen Tage, so lang sie waren, loderten weg wie brennende Fahnen, den kurzen schwülen Mondnächten folgten kurze schwüle Regennächte, wie Träume schnell und mit Bildern überfüllt fieberten die glänzenden Wochen dahin.

Klingsor stand nach Mitternacht, von einem Nachtgang heimgekehrt, auf dem schmalen Steinbalkon seines Arbeitszimmers. Unter ihm sank tief und schwindelnd der alte Terrassengarten hinab, ein tief durchschattetes Gewühl dichter Baumwipfel, Palmen, Zedern, Kastanien, Judasbaum, Blutbuche, Eukalyptus, durchklettert von Schlingpflanzen, Lianen, Glyzinen. Über der Baumschwärze schimmerten blaßspiegelnd die großen blechernen Blätter der Sommermagnolien, riesige schneeweiße Blüten dazwischen halbgeschlossen, groß wie Menschenköpfe, bleich wie Mond und Elfenbein, von denen durchdringend und beschwingt ein inniger Zitronengeruch herüberkam. Aus unbestimmter Ferne her mit müden Schwingen kam Musik geflogen, vielleicht eine Gitarre, vielleicht ein Klavier, nicht zu unterscheiden. In den Geflügelhöfen schrie plötzlich ein Pfau auf, zwei- und dreimal, und durchriß die waldige Nacht mit dem kurzen, bösen und hölzernen Ton seiner gepeinigten Stimme, wie wenn das Leid aller Tierwelt ungeschlacht und schrill aus der Tiefe schellte. Sternlicht floß durch das Waldtal, hoch und verlassen blickte eine weiße Kapelle aus dem endlosen Walde, verzaubert und alt. See, Berge und Himmel flossen in der Ferne ineinander.

Klingsor stand auf dem Balkon, im Hemde, die nackten Arme auf die Eisenbrüstung gestützt, und las halb unmutig, mit heißen Augen, die Schrift der Sterne auf dem bleichen

Himmel und der milden Lichter auf dem schwarzen klumpigen Gewölk der Bäume. Der Pfau erinnerte ihn. Ja, es war wieder Nacht, spät, und man hätte nun schlafen sollen, unbedingt und um jeden Preis. Vielleicht, wenn man eine Reihe von Nächten wirklich schlafen würde, sechs oder acht Stunden richtig schlafen, so würde man sich erholen können, so würden die Augen wieder gehorsam und geduldig sein, und das Herz ruhiger, und die Schläfen ohne Schmerzen. Aber dann war dieser Sommer vorüber, dieser tolle flackernde Sommertraum, und mit ihm tausend ungetrunkene Becher verschüttet, tausend ungesehene Liebesblicke gebrochen, tausend unwiederbringliche Bilder ungesehen erloschen!

Er legte die Stirn und die schmerzenden Augen auf die kühle Eisenbrüstung, das erfrischte für einen Augenblick. In einem Jahr vielleicht, oder früher, waren diese Augen blind, und das Feuer in seinem Herzen gelöscht. Nein, kein Mensch konnte dies flammende Leben lang ertragen, auch nicht er, auch nicht Klingsor, der zehn Leben hatte. Niemand konnte eine lange Zeit hindurch Tag und Nacht alle seine Lichter, alle seine Vulkane brennen haben, niemand konnte mehr als eine kurze Zeit lang Tag und Nacht in Flammen stehen, jeden Tag viele Stunden glühender Arbeit, jede Nacht viele Stunden glühender Gedanken, immerzu genießend, immerzu schaffend, immerzu in allen Sinnen und Nerven hell und überwach wie ein Schloss, hinter dessen sämtlichen Fenstern Tag für Tag Musik erschallt, Nacht für Nacht tausend Kerzen funkeln. Es wird zu Ende gehen, schon ist viel Kraft vertan, viel Augenlicht verbrannt, viel Leben hingeblutet. Plötzlich lachte er und reckte sich auf. Ihm fiel ein: oft schon hatte er so empfunden, oft schon so gedacht, so gefürchtet. In allen guten, fruchtbaren, glühenden Zeiten seines Lebens, auch in der Jugend schon, hatte er so gelebt, hatte seine Kerze an beiden Enden brennen gehabt, mit einem bald jubelnden, bald schluchzenden Gefühl von rasender Verschwendung, von Verbrennen, mit einer verzweifelten Gier, den Becher ganz zu leeren, und mit einer tiefen, verheimlichten Angst vor dem Ende. Oft schon hatte er so gelebt, oft schon den Becher geleert, oft schon lichterloh gebrannt. Zuweilen war das Ende sanft gewesen, wie ein tiefer bewußtloser Winterschlaf. Zuweilen auch war es schrecklich gewesen, unsinnige Verwüstung, unleidliche Schmerzen, Ärzte, trauriger Verzicht, Triumph der Schwäche. Und allerdings war von Mal zu Mal das Ende einer Glutzeit schlimmer geworden, trauriger, vernichtender. Aber immer war auch das überlebt worden, und nach Wochen oder Monaten, nach Qual oder Betäubung war die Auferstehung gekommen, neuer Brand, neuer Ausbruch der unterirdischen Feuer, neue glühendere Werke, neuer glänzender Lebensrausch. So war es gewesen, und die Zeiten der Qual und des Versagens, die elenden Zwischenzeiten, waren vergessen worden und untergesunken. Es war gut so. Es würde gehen, wie es oft gegangen war.

Lächelnd dachte er an Gina, die er heut Abend gesehen hatte, mit der auf dem ganzen nächtlichen Heimweg seine zärtlichen Gedanken gespielt hatten. Wie war dies Mädchen schön und warm in seiner noch unerfahrenen und ängstlichen Glut! Spielend und zärtlich sagte er vor sich hin, als flüstere er ihr wieder ins Ohr: „Gina! Gina! Cara Gina! Carina Gina! Bella Gina!"
Er trat ins Zimmer zurück und drehte das Licht wieder an. Aus einem kleinen wirren Bücherhaufen zog er einen roten Band Gedichte; ein Vers war ihm eingefallen, ein Stück eines Verses, der ihm unsäglich schön und liebevoll schien. Er suchte lange, bis er ihn fand:

Laß mich nicht so der Nacht,
dem Schmerze,
Du Allerliebstes, du mein Mondgesicht!
Oh, du mein Phosphor, meine Kerze,
Du meine Sonne, du mein Licht!

Tief genießend schlürfte er den dunklen Wein dieser Worte. Wie schön, wie innig und zauberhaft war das: Oh, du mein Phosphor! Und: Du mein Mondgesicht!

Lächelnd ging er vor den hohen Fenstern auf und ab, sprach die Verse, rief sie der fernen Gina zu: „Oh, du mein Mondgesicht!“, und seine Stimme wurde dunkel vor Zärtlichkeit. Dann schloß er die Mappe auf, die er nach dem langen Arbeitstage noch den ganzen Abend mit sich getragen hatte. Er öffnete das Skizzenbuch, das kleine, sein liebstes, und suchte die letzten Blätter, die von gestern und heut, auf. Da war der Bergkegel mit den tiefen Felsenschatten; er hatte ihn ganz nahe an ein Fratzengesicht heran modelliert, er schien zu schreien, der Berg, vor Schmerz zu klaffen. Da war der kleine Steinbrunnen, halbrund im Berghang, der gemauerte Bogen schwarz mit Schatten gefüllt, ein blühender Granatbaum drüber blutig glühend. Alles nur für ihn zu lesen, nur Geheimschrift für ihn selbst, eilige gierige Notiz des Augenblicks, rasch herangerissene Erinnerung an jeden Augenblick, in dem Natur und Herz neu und laut zusammenklangen. Und jetzt die größern Farbskizzen, weiße Blätter mit leuchtenden Farbflächen in

Wasserfarben: die rote Villa im Gehölz, feurig glühend wie ein Rubin auf grünem Sammet, und die eiserne Brücke bei Castiglia, rot auf blaugrünem Berg, der violette Damm daneben, die rosige Straße. Weiter: der Schlot der Ziegelei, rote Rakete vor kühlhellem Baumgrün, blauer Wegweiser, hellvioletter Himmel mit der dicken wie gewalzten Wolke. Dies Blatt war gut, das konnte bleiben. Um die Stalleinfahrt war es schade, das Rotbraun vor dem stählernen Himmel war richtig, das sprach und klang; aber es war nur halb fertig, die Sonne hatte ihm aufs Blatt geschienen und wahnsinnige Augenschmerzen gemacht. Er hatte nachher lange das Gesicht in einem Bach gebadet. Nun, das Braunrot vor dem bösen metallenen Blau war da, das war gut, das war um keine kleine Tönung, um keine kleinste Schwingung gefälscht oder mißglückt. Ohne caput mortuum hätte man das nicht herausbekommen. Hier, auf diesem Gebiet, lagen die Geheimnisse. Die Formen der Natur, ihr Oben und Unten, ihr Dick und Dünn konnte verscho-

ben werden, man konnte auf alle die biederen Mittel verzichten, mit denen die Natur nachgeahmt wird. Auch die Farben konnte man fälschen, gewiss, man konnte sie steigern, dämpfen, übersetzen, auf hundert Arten. Aber wenn man mit. Farbe ein Stück Natur umdichten wollte, so kam es darauf an, dass die paar Farben genau, haargenau im gleichen Verhältnis, in der gleichen Spannung zueinander standen wie in der Natur. Hier blieb man abhängig, hier blieb man Naturalist, einstweilen, auch wenn man statt Grau Orange und statt Schwarz Krapplack nahm.
Also, ein Tag war wieder vertan, und der Ertrag spärlich. Das Blatt mit dem Fabrikschlot und der rotblaue Klang auf dem andern Blatt und vielleicht die Skizze mit dem Brunnen. Wenn morgen bedeckter Himmel war, ging er nach Carabbina; dort war die Halle mit den Wäscherinnen. Vielleicht regnete es auch wieder einmal, dann blieb er zu Haus und fing das Bachbild in Öl an. Und jetzt zu Bett! Es war wieder ein Uhr vorbei.

Im Schlafzimmer riß er das Hemd ab, goß sich Wasser über die Schultern, daß es auf dem roten Steinboden klatschte, sprang ins hohe Bett und löschte das Licht. Durchs Fenster sah der blasse Monte Salute herein, tausendmal hatte Klingsor vom Bett aus seine Formen abgelesen. Ein Eulenruf aus der Waldschlucht tief und hohl, wie Schlaf, wie Vergessen.

Er schloß die Augen und dachte an Gina, und an die Halle mit den Wäscherinnen. Gott im Himmel, so viel tausend Dinge warteten, so viel tausend Becher standen eingeschenkt! Kein Ding auf der Erde, das man nicht hätte malen müssen! Keine Frau in der Welt, die man nicht hätte lieben müssen! Warum gab es Zeit? Warum immer nur dies idiotische Nacheinander, und kein brausendes, sättigendes Zugleich? Warum lag er jetzt wieder allein im Bett, wie ein Witwer, wie ein Greis? Das ganze kurze Leben hindurch konnte man genießen, konnte man schaffen, aber man sang immer nur Lied um Lied, nie klang die ganze volle

Symphonie mit allen hundert Stimmen und Instrumenten zugleich.

Vor langer Zeit, im Alter von zwölf Jahren, war er Klingsor mit den zehn Leben gewesen. Es gab da bei den Knaben ein Räuberspiel, und jeder von den Räubern hatte zehn Leben, von denen er jedesmal eines verlor, wenn er vom Verfolger mit der Hand oder mit dem Wurfspeer berührt wurde. Mit sechs, mit drei, mit einem einzigen Leben konnte man noch davonkommen und sich befreien, erst mit dem zehnten war alles verloren.

Er aber, Klingsor, hatte seinen Stolz darein gesetzt, sich mit allen, allen seinen zehn Leben durchzuschlagen, und es für eine Schande erklärt, wenn er mit neun, mit sieben davonkam. So war er als Knabe gewesen, in jener unglaublichen Zeit, wo nichts auf der Welt unmöglich, nichts auf der Welt schwierig war, wo alle Klingsor liebten, wo Klingsor allen befahl, wo alles Klingsor gehörte. Und so hatte er es weiter getrieben und immer mit zehn Leben gelebt. Und wenn auch nie die Sättigung,

niemals die volle brausende Symphonie zu erreichen war – einstimmig und arm war sein Lied doch nicht gewesen, immer doch hatte er ein paar Saiten mehr auf seinem Spiel gehabt als andere, ein paar Eisen mehr im Feuer, ein paar Taler mehr im Sack, ein paar Rosse mehr am Wagen! Gott sei Dank!
Wie klang die dunkle Gartenstille voll und durchpulst herein, wie Atem einer schlafenden Frau! Wie schrie der Pfau! Wie brannte das Feuer in der Brust, wie schlug das Herz und schrie und litt und jubelte und blutete. Es war doch ein guter Sommer hier oben in Castagnetta, herrlich wohnte er in seiner alten noblen Ruine, herrlich blickte er auf die raupigen Rücken der hundert Kastanienwälder hinab, schön war es, je und je aus dieser edlen alten Wald- und Schloßwelt gierig hinabzusteigen und das farbige frohe Spielzeug drunten anzuschauen und in seiner guten frohen Grellheit zu malen: die Fabrik, die Eisenbahn, den blauen Tramwagen, die Plakatsäule am Kai, die stolzierenden Pfauen, Wei-

ber, Priester, Automobile. Und wie schön und peinigend und unbegreiflich war dies Gefühl in seiner Brust, diese Liebe und flackernde Gier nach jedem bunten Band und Fetzen des Lebens, dieser süße wilde Zwang zu schauen und zu gestalten, und doch zugleich heimlich, unter dünnen Decken, das innige Wissen von der Kindlichkeit und Vergeblichkeit all seines Tuns!

Fiebernd schmolz die kurze Sommernacht hinweg, Dampf stieg aus der grünen Taltiefe, in hunderttausend Bäumen kochte der Saft, hunderttausend Träume quollen in Klingsors leichtem Schlummer auf, seine Seele schritt durch den Spiegelsaal seines Lebens, wo alle Bilder vervielfacht und jedes Mal mit neuem Gesicht und neuer Bedeutung sich begegneten und neue Verbindungen eingingen, als würde ein Sternhimmel im Würfelbecher durcheinander geschüttelt.

SOMMERFRISCHE

Joachim Ringelnatz

Zupf dir ein Wölkchen aus dem
  Wolkenweiß,
Das durch den sonnigen Himmel schreitet.
Und schmücke den Hut, der dich begleitet,
Mit einem grünen Reis.

Verstecke dich faul in der Fülle der Gräser.
Weil's wohltut, weil's frommt.
Und bist du ein Mundharmonikabläser
Und hast eine bei dir, dann spiel,
  was dir kommt.

Und lass deine Melodien lenken
Von dem freigegebenen Wolkengezupf.
Vergiss dich. Es soll dein Denken
Nicht weiter reichen als ein Grashüpferhupf.

DER SCHNAPPSCHÜTZE

EPHRAIM KISHON

Der Leser wird gebeten, sich die Situation vorzustellen: einen heißen Sommertag, eine öffentliche Badeanstalt und mich, der ich mich an der Sonne und an den knapp geschneiderten Bikinis ringsum freue.

Plötzlich steht ein vollständig angekleideter Mensch vor mir, bringt eine Kamera in Anschlag und fragt: „Aufnahme?"

Im Allgemeinen komme ich den Angehörigen freier und insbesondere künstlerischer Berufe freundlich entgegen, nicht nur, weil sie ihr Brot durch harte Arbeit verdienen, sondern weil sie sehr leicht ausfällig werden, wenn man ihre Bestrebungen nicht unterstützt.

Deshalb sagte ich mit aller mir zu Gebote stehenden Milde: „Nein, danke."

„Drei Postkarten vier Pfund", antwortete der Fotograf und ging in Schnappschussposition.

„Legen Sie den Arm um Ihre Frau, und Sie bekommen das schönste Familienporträt."
Durch unmissverständliche Zeichen forderte er die neben mir sitzende Dame auf, ein frohes Lächeln zur Umarmung beizusteuern.
„Einen Augenblick!", rief ich. „Erstens habe ich Ihnen gesagt, dass ich keine Aufnahme haben will, und zweitens ist diese Dame nicht meine Frau. Ich kenne sie gar nicht."
Die Unbekannte, die mich bereits heftig umschlungen hielt und ebenso heftig in die Kamera grinste, ließ sichtlich gekränkt von mir ab.
Nicht so der Fotograf:
„Zwei Bilder matt sechs mal neun kosten nur 3,50, wenn Ihnen das lieber ist. Vielleicht wollen Sie einen Handstand machen?"
„Nein. Und lassen Sie mich endlich in Ruhe."
„Warum?"
„Was heißt warum? Weil ich nicht fotografiert werden will!"
„Ein Erinnerungsbild zum Einkleben ins Album um lumpige 2,70. Auf Glanzpapier. Acht

mal vierzehn. Sie können's auch einrahmen lassen."
„Ich will nichts einrahmen, und ich will nichts einkleben. Ich will, dass Sie mich in Ruhe lassen."
„Die Badesaison geht zu Ende. Drei Abzüge matt vier mal acht um 2,50."
„Nein!! Wenn ich mich sehen will, schaue ich in den Spiegel."
„Sie schauen in den Spiegel? Können Sie bei einem Kopfsprung in den Spiegel schauen? Also. Ich mache Ihnen einen Vorschlag, Herr. Sie brauchen jetzt nichts zu zahlen. Sie zahlen erst, wenn die Bilder fertig sind. Zwei matt elf mal fünf."
„Nein, zum Teufel! Schauen Sie, dass Sie weiterkommen."
„Schon gut, schon gut. Warum sagen Sie nicht gleich, dass Sie nicht geknipst werden wollen! Ich habe keine Zeit, mit Ihnen zu debattieren."
Er entfernte sich ungehalten. Ich mietete einen Liegestuhl, streckte mich aus und schloss

die Augen. Nach einer Weile überkam mich jenes unangenehm kribbelnde Gefühl, das sich immer dann einstellt, wenn man mit geschlossenen Augen in einem Liegestuhl liegt und fotografiert werden soll. Infolgedessen öffnete ich die Augen und sah den Fotografen dicht vor mir, Kamera in Stellung, Finger am Abzug.

„Schon wieder?! Verstehen Sie denn kein – k'k – Hebräisch?"

Das „k'k" rührte nicht etwa von einem plötzlichen Schluckauf her, sondern vom meuchlings betätigten Auslöser der Kamera.

Ich erhob mich und trat auf den Heckenschützen zu:

„Sie wussten doch, dass ich nicht fotografiert werden will. Warum haben Sie es trotzdem getan?"

„Aus künstlerischen Gründen", antwortete mein Widersacher, während er sein Gerät versorgte. „Es war eine so schöne Abendbeleuchtung und ein so interessanter Schatten auf Ihrem Gesicht."

„Ist Ihnen klar, dass ich das Bild nicht kaufen werde?"
„Habe ich Sie gebeten, es zu kaufen?"
„Ohne meine Zustimmung hätten Sie mich aber gar nicht aufnehmen dürfen. Auch aus künstlerischen Gründen nicht."
„Das können Sie mir nicht verbieten. Künstler dürfen sich in diesem Land frei betätigen. Wir leben in einer Demokratie."
„Möglich. Aber ich bin kein Modell."
„Sind Sie Rumäne?"
„Nein."
„Dann bestellen Sie drei Abzüge, sieben mal dreiundzwanzig, Glanzpapier, fünf Pfund."
„Nein! Verschonen Sie mich!"
„Dreizehn mal sechs?"
Er zielte – ich ließ mich zu Boden fallen – k'k – der Schnappschuss verfehlte mich – ich sah seine blutunterlaufenen Augen und fasste Mut, rannte zum Bassin – er hinter mir her – ich springe ins Wasser – k'k – er mir nach – ich tauche – er versucht eine Unterwasseraufnahme – ich entwische ihm – tauche auf

– klettere an Land – sause zu meinem Liegestuhl und bedecke mein Gesicht mit einem Badetuch.
Es ist still. Aber ich fühle, dass der schnappschussfreudige Gangster wieder vor mir steht.
Unendlich langsam kriecht die Zeit dahin.
Eines ist klar: Wenn das Badetuch verrutscht und auch nur einen Zentimeter meines Gesichts freigibt, schießt er.
Ich beginn zu schnarchen. Vielleicht täuscht ihn das.
Plötzlich fühle ich, dass jemand an meinem Badetuch zieht. Ohne im Schnarchen innezuhalten, wende ich blitzschnell den Kopf und beiße in die fremde Hand.
„Auweh!“ Eine dicke Dame schreit vor Schmerz laut auf. „Ich habe geglaubt, Sie sind mein Sami.“
Und noch dazu ein abermaliges k'k.
Ich springe auf und zerschmettere ihm die Kamera. Das heißt: Ich will sie zerschmettern.
Aber er muss etwas geahnt haben.
Und jetzt bin's *ich*, der *ihn* verfolgt.

„Drei ... neun mal zehn ... 1,50 ...“, ruft er mir über die Schulter zu.
„Nicht einmal ... wenn Sie ... bezahlen ...“
„Ein Pfund ... matt ...“, röchelt er im Rennen und streut dabei kleine weiße Kärtchen um sich. „Die Adresse ... meines Ateliers ... täglich geöffnet ... Kinder die Hälfte ... auch in Farbe ... sechzehn mal einundzwanzig ...“
Der verzweifelte Sprung, mit dem ich ihn knapp vor dem Ausgang abzufangen versuchte, kommt zu spät. Er ist draußen. Und ich kann ihm nicht folgen, ohne öffentliches Ärgernis zu erregen.
Gestern ging ich ins Atelier. Warum auch nicht. Ich meine: Warum soll ich nicht ein paar von den Bildern kaufen, vielleicht sind sie sogar ganz gut geworden. Man sagt mir, dass ich sehr fotogen bin, und die beste Ehefrau von allen wird sich bestimmt freuen, wenn sie mich in einer ungezwungenen Pose zu sehen bekommt.
Der Fotograf begrüßte mich wie einen alten Freund, aber er hatte leider kein einziges Foto

von mir. Es sei, so erklärte er verlegen, professionelle Gepflogenheit, die ersten Schnappschüsse immer mit einer leeren Kamera zu machen. Der Film wird erst eingelegt, wenn die Kundschaft weichgeklopft und zur Aufnahme bereit ist …

Ich bedauerte seine vergebliche Mühe, er bedauerte meine Enttäuschung. Ich würde eine kleine Geschichte darüber schreiben, tröstete ich ihn zum Abschied. „Wie klein?“, fragte er. „Fünf mal acht“, sagte ich. „Matt.“

SOMMERABEND

Rainer Maria Rilke

Die große Sonne ist versprüht,
der Sommerabend liegt im Fieber,
und seine heiße Wange glüht.
Jach seufzt er auf: „Ich möchte lieber …"
Und wieder dann: „Ich bin so müd …"

Die Büsche beten Litanein,
Glühwürmchen hangt, das regungslose,
dort wie ein ewiges Licht hinein;
und eine kleine weiße Rose
trägt einen roten Heiligenschein.

SCHMETTERLINGSJAGD

Walter Benjamin

Gelegentlicher Sommerreisen unbeschadet, bezogen wir, ehe ich zur Schule ging, alljährlich Sommerwohnungen in der Umgebung. An sie erinnerte noch lange an der Wand meines Knabenzimmers der geräumige Kasten mit den Anfängen einer Schmetterlingssammlung, deren älteste Exemplare in dem Garten am Brauhausberge erbeutet waren. Kohlweißlinge mit abgestoßenen Rändern, Zitronenfalter mit zu blanken Flügeln vergegenwärtigten die heißen Jagden, die mich so oft von den gepflegten Gartenwegen fort in eine Wildnis gelockt hatten, in welcher ich ohnmächtig der Verschwörung von Wind und Düften, Laub und Sonne gegenüberstand, die dem Flug der Schmetterlinge gebieten mochten. Sie flatterten auf eine Blüte zu, sie standen über ihr. Den Kescher angehoben, erwartete ich nur noch, dass der Bann, der von der Blüte auf das Flügelpaar zu wirken schien, sein Werk vollendet habe, da entglitt der zarte Leib mit leisen Stößen seitwärts, um genau so reglos eine andere Blüte zu beschatten und genau so plötzlich, ohne sie berührt zu haben, sie zu lassen. Wenn so ein Fuchs oder Ligusterschwärmer, den ich gemächlich hätte überholen können, durch Zögern, Schwanken und Verweilen mich zum Narren machte, dann hätte ich gewünscht, in Licht und Luft mich aufzulösen, nur um ungemerkt der Beute mich zu nähern und sie überwältigen zu können. Und so weit ging der Wunsch mir in Erfüllung, dass jedes Schwingen oder Wiegen der Flügel, in die ich vergafft war, mich selbst anwehte oder überrieselte. Es begann die alte Jägersatzung zwischen uns zu herrschen: je mehr ich selbst in allen Fibern mich dem Tier anschmiegte, je falterhafter ich im Innern wurde, desto mehr nahm dieser Schmetterling in Tun und Lassen die Farbe menschlicher Entschließung an, und endlich war es, als ob sein Fang der Preis sei, um den einzig ich meines Menschendaseins wieder habhaft werden könne. Doch wenn es dann vollbracht war, wurde es ein mühevoller Weg, bis ich vom Schauplatz meines Jagdglücks an das Lager vorgedrungen war, wo Äther, Watte, Nadeln mit bunten Köpfen und Pinzetten in der Botanisiertrommel zum Vorschein kamen. Und wie lag das Revier in meinem Rücken! Gräser waren geknickt, Blumen zertreten worden; der Jagende selber hatte als Dreingabe den eignen Körper seinem Kescher nachgeworfen; und über so viel Zerstörung, Plumpheit und Gewalt hielt zitternd und dennoch voller Anmut sich in einer Falte des Netzes der erschrockene Schmetterling. Auf diesem mühevollen Wege ging der Geist des Todgeweihten in den Jäger ein. Die fremde Sprache, in welcher dieser Falter und die Blüten vor seinen Augen sich verständigt hatten – nun hatte er einige Gesetze ihr abgewonnen. Seine Mordlust war geringer, seine Zuversicht um so viel größer geworden. Die Luft jedoch, in der sich dieser Falter damals wiegte, ist heute ganz durchtränkt von einem Wort, das seit Jahrzehnten nie mehr mir zu Ohren noch über meine Lippen gekommen ist. Es hat das Unergründliche bewahrt, womit die Namen der Kindheit dem Erwachsenen entgegentreten. Langes Verschwiegenwordensein hat sie verklärt. So zittert durch die schmetterlingserfüllte Luft das Wort „Brauhausberg". Auf dem Brauhausberge bei Potsdam hatten wir unsere Sommerwohnung. Aber der Name hat alle Schwere verloren, enthält von einem Brauhaus überhaupt nichts mehr und ist allenfalls ein von Bläue umwitterter Berg, der im Sommer sich aufbaute, um mich und meine Eltern zu behausen. Und darum liegt das Potsdam meiner Kindheit in so blauer Luft, als wären seine Trauermäntel oder Admirale, Tagpfauenaugen und Aurorafalter über eine der schimmernden Emaillen von Limoges verstreut, auf denen die Zinnen und Mauern Jerusalems vom dunkelblauen Grunde sich abheben.

DER SOMMER

FRIEDRICH HÖLDERLIN

Das Erntefeld erscheint, auf Höhen
schimmert
Der hellen Wolke Pracht, indes am weiten
Himmel
In stiller Nacht die Zahl der Sterne flimmert,
Groß ist und weit von Wolken das Gewimmel.

Die Pfade gehn entfernter hin, der Menschen
Leben,
Es zeiget sich auf Meeren unverborgen,
Der Sonne Tag ist zu der Menschen Streben
Ein hohes Bild, und golden glänzt der
Morgen.

Mit neuen Farben ist geschmückt der Gärten
Breite,
Der Mensch verwundert sich, dass sein
Bemühn gelinget,

Was er mit Tugend schafft, und was er hoch
vollbringet,
Es steht mit der Vergangenheit in prächtigem
Geleite.

SOMMERTAGE IM ROSENHAUS

ADALBERT STIFTER

Ich stand an dem Eingange des Hauses, und sah den beiden Geschwistern nach, so lange ich sie sehen konnte. Einmal erblickte ich sie, wie sie vorsichtig in ein Gebüsch schauten. Ich dachte mir, er werde ihr ein Vogelnest gezeigt haben, und sie sehe mit Teilnahme auf die winzige befiederte Familie. Ein anderes Mal standen sie bei Blumen, und schauten sie an. Endlich sah ich nichts mehr. Das lichte Gewand der Schwester war unter den Bäumen und Gesträuchen verschwunden, manche schimmernde Stellen wurden zuweilen noch sichtbar, und dann nichts mehr. Ich ging hierauf in meine Zimmer.

Mir war, als müsse ich dieses Mädchen schon irgendwo gesehen haben; aber da ich mich bisher viel mehr mit leblosen Gegenständen oder mit Pflanzen beschäftigt hatte als mit Menschen, so hatte ich keine Geschicklichkeit, Menschen zu beurteilen, ich konnte mir die Gesichtszüge derselben nicht zurecht legen, sie mir nicht einprägen, und sie nicht vergleichen; daher konnte ich auch nicht ergründen, wo ich Natalie schon einmal gesehen haben könnte.

Ich blieb den ganzen Nachmittag in meiner Wohnung.

Als die Hitze des Tages, welcher ganz heiter war, sich ein wenig gemildert hatte, wurde ich aufgefordert, einen Spaziergang mit zu machen. An demselben nahmen mein Gastfreund, Mathilde, Natalie, Gustav und ich teil. Wir gingen durch eine Strecke des Gartens. Mein Gastfreund, Mathilde und ich bildeten eine Gruppe, da sie mich in ihr Gespräch gezogen hatten, und wir gingen, wo es die Breite des Sandweges zuließ, nebeneinander. Die andere Gruppe bildeten Natalie und Gustav, und sie gingen eine ziemliche Anzahl Schritte vor uns. Unser Gespräch betraf den Garten und seine verschiedenen Bestandteile, die sich zu einem angenehmen Aufenthalte wohltuend ablösten, es betraf das Haus und manche Verzierungen darin, es erweiterte sich auf die Fluren, auf denen wieder der Segen stand, der den Menschen abermals um ein Jahr weiter helfen sollte, und es ging auf das Land über, auf manche gute Verhältnisse desselben und auf anderes, was der Verbesserung bedürfte. Ich sah den zwei hohen Gestalten nach, die vor uns gingen. Gustav ist mir heute plötzlich als völlig erwachsen erschienen. Ich sah ihn neben der Schwester gehen und sah, dass er größer sei als sie. Dieser Gedanke drängte sich mir mehrere Male auf. War er aber auch größer, so war ihre Gestalt feiner und ihre Haltung anmutiger. Gustav hatte wie sein Ziehvater nichts auf dem Haupte als die Fülle seiner dichten braunen Locken, und als Natalie den sanft schattenden Strohhut, den sie wie ihre Mutter aufhatte, abgenommen und an den Arm gehängt hatte, so zeigten ihre Locken genau die Farbe wie die Gustavs, und wenn die Geschwister, die sich sehr zu

lieben schienen, sehr nahe an einander gingen, so war es von ferne, als sähe man eine einzige braune, glänzende Haarfülle, und als teilen sich nur unten die Gestalten.
Wir gingen bei der Pforte hinaus, die gegen den Meierhof führt, gingen aber nicht in den Meierhof, sondern machten einen großen Bogen durch die Felder, und kamen dann schief über den südlichen Abhang des Flügels wieder zu dem Hause hinauf.
Da die Tage sehr lang waren, so leuchtete noch die Abendröte, wenn wir von unserem Abendessen, das pünktlich immer zur gleichen Zeit sein musste, aufstanden. Wir gingen daher heute auch noch nach dem Abendessen in den Garten. Wir gingen zu dem großen Kirschbaume empor. Dort setzten wir uns auf das Bänklein. Mein Gastfreund und Mathilde saßen in der Mitte, so dass ihre Angesichter gegen den Garten hinab gerichtet waren. Links von meinem Gastfreunde saß ich, rechts von der Mutter saßen Natalie und Gustav. Die Lüfte dunkelten immer mehr, ein blasser Schein war

über die Wipfel des Gartens, der jetzt schwieg, und über das Dach des Hauses gebreitet. Das Gespräch war heiter und ruhig, und die Kinder wendeten oft ihr Angesicht herüber, um an dem Gespräche Anteil zu nehmen, und gelegentlich selber ein Wort zu reden.

Da sich der eine und der andere Stern an dem Himmel entzündete, und in den Tiefen der Gartengesträuche schon die völlige Dunkelheit herrschte, gingen wir in das Haus und in unsere Zimmer.

Ich war sehr traurig. Ich legte meinen Strohhut auf den Tisch, legte meinen Rock ab, und sah bei einem der offenen Fenster hinaus. Es war heute nicht wie damals, da ich zum ersten Male in diesem Hause über dem Rosengitter aus dem offenen Fenster in die Nacht hinausgeschaut hatte. Es standen nicht die Wolken am Himmel, die ihn nach Richtungen durchzogen, und ihm Gestaltung gaben, sondern es brannte bereits über dem ganzen Gewölbe der einfache und ruhige Sternenhimmel. Es ging kein Duft der Rosen zu mei-

ner Nachtherberge herauf, da sie noch in den Knospen waren, sondern es zog die einsame Luft kaum fühlbar durch die Fenster herein, ich war nicht von dem Verlangen belebt wie damals, das Wesen und die Art meines Gastfreundes zu erforschen, dies lag entweder aufgelöst vor mir oder war nicht zu lösen. Das Einzige war, dass wieder Getreide außerhalb des Sandplatzes vor den Rosen ruhig und unbewegt stand; aber es war eine andere Gattung, und es war nicht zu erwarten, dass es in der Nacht im Winde sich bewegen und am Morgen, wenn ich die geklärten Augen über die Gegend wendete, vor mir wogen würde.
Als die Nacht schon sehr weit vorgerückt war, ging ich von dem Fenster, und obwohl ich jeden Abend gewohnt war, ehe ich mich zur Ruhe begab, zu meinem Schöpfer zu beten, so kniete ich doch jetzt vor dem einfachen Tischlein hin, und tat ein heißes, inbrünstiges Gebet zu Gott, dem ich alles und jedes, besonders mein Sein und mein Schicksal und das Schicksal der Meinigen, anheim stellte.

Dann entkleidete ich mich, schloss die Schlösser meiner Zimmer ab und begab mich zur Ruhe.
Als ich schon zum Entschlummern war, kam mir der Gedanke, ich wollte nach Mathilden und ihren Verhältnissen eben so wenig eine Frage tun, als ich sie nach meinem Gastfreunde getan habe.
Ich erwachte sehr zeitig; aber nach der Natur jener Jahreszeit war es schon ganz licht, ein blauer, wolkenloser Himmel wölbte sich über die Hügel, das Getreide unter meinen Füßen wogte wirklich nicht, sondern es stand unbewegt mit starkem Taue wie mit feurigen Funken angetan in der aufgehenden Sonne da.
Ich kleidete mich an, richtete meine Gedanken zu Gott und setzte mich zu meiner Arbeit. Nach geraumer Zeit hörte ich durch meine Fenster, welche ich bei weiter fortschreitendem Morgen geöffnet hatte, dass auch am äußersten Ende des Hauses gegen Osten Fenster erklangen, welche geöffnet wurden. In jener Gegend wohnten die Frauen in den

schönen, nach weiblicher Art eingerichteten Gemächern. Ich ging zu meinem Fenster, schaute hinaus und sah wirklich, dass alle Fensterflügel an jenem Teile des Hauses offen standen. Nach einer Zeit, da es bereits zur Stunde des Frühmahles ging, hörte ich weibliche Schritte an meiner Tür vorüber der Marmortreppe zugehen, welche mit einem weichen Teppiche belegt war. Ich hatte auch, obwohl sie gedämpft war, wahrscheinlich, um mich nicht zu stören, Gustavs Stimme erkannt.

Ich ging nach einer kleinen Weile auch über die Marmortreppe an dem Marmorbilde der Muse vorüber in das Speisezimmer hinunter.

Der Tag verging ungefähr wie der vorige, und so verflossen nach und nach mehrere.

PASTORS ABENDSPAZIERGANG

Friedrich Theodor Vischer

Das Abendrot brennt an des Himmels
Saum,
Ich schlendre so, als wie im halben Traum,
Zum Dorf hinaus auf grünem Wiesenwege
Am Wald hinunter, wie ich täglich pflege.

Rings auf der Wiese wimmelt es und schafft,
Vom frischen Heu kommt mit gewürzger Kraft
Ein süßer Duft auf kühler Lüfte Wogen,
Mein alter Liebling, zu mir hergezogen.

Rot, Blau und Gold, ein ganzes Farbenreich,
Betrachtet sich im spiegelhellen Teich,
Wildenten sieht man durch die Wellen
streben
Und hoch in Lüften Weih und Sperber
schweben.

Ein flüsternd Wehen geht im dunkeln Wald,
Die Vögel rufen, dass es weithin schallt,
Die Unke will sich auf der Flöte zeigen,
Die Grille zirpt, und auch die Schnaken geigen.

Studieren wollt ich einen Predigtplan,
Nun hör ich selbst die große Predigt an,
Voll Kraft und Mark, ein Menschenherz
zu stärken,
Die große Predigt von des Meisters Werken.

DIE SONNENUHR

RAINER MARIA RILKE

Selten reicht ein Schauer feuchter Fäule
aus dem Gartenschatten, wo einander
Tropfen fallen hören und ein Wander-
vogel lautet, zu der Säule,
die in Majoran und Koriander
steht und Sommerstunden zeigt;

nur sobald die Dame (der ein Diener
nachfolgt) in dem hellen Florentiner
über ihren Rand sich neigt,
wird sie schattig und verschweigt –.

Oder wenn ein sommerlicher Regen
aufkommt aus dem wogenden Bewegen
hoher Kronen, hat sie eine Pause;
denn sie weiß die Zeit nicht auszudrücken,
die dann in den Frucht- und Blumenstücken
plötzlich glüht im weißen Gartenhause.

SOMMERSCHWÜLE

Joseph von Eichendorff

1

Ich klimm zum Berg und schau zur niedern Erde,
Ich klimm hinab und schau die Berge an,
Süß-melancholisch spitzt sich die Gebärde
Und gift'ge Weltverachtung ficht mich an;
Doch will aus Schmerz und Hass nichts Rechtes werden.
Ermanne dich! – Ich bin doch wohl ein Mann? –
Und ach! wie träge Silb aus Silbe schleichet,
Mit Not hab ich den letzten Reim erreichet.

O weg mit Reim und Leierklang und Singen!
Fass, Leben, wieder mich lebendig an!
Mit deiner Woge will ich freudig ringen,
Die tief mich stürzt, hebt mich auch himmelan.
Im Sturme spannt der Adler seine Schwingen –

Blas zu! da spür ich wieder, dass ich Mann!
Viel lieber will ich raschen Tod erwerben,
Als, so verschmachtend, lebenslang
zu sterben.

2

Die Nachtigall schweigt, sie hat ihr Nest
gefunden,
Träg ziehn die Quellen, die so kühle sprangen,
Von trüber Schwüle liegt die Welt umfangen,
So hat den Lenz der Sommer überwunden.

Noch nie hat es die Brust so tief empfunden,
Es ist, als ob viel Stimmen heimlich sangen:
„Auch *dein* Lenz, froher Sänger, ist vergangen,
An Weib und Kind ist nun der Sinn gebunden!"

O komm, Geliebte, komm zu mir zurücke!
Kann ich nur deine hellen Augen schauen,
Fröhlich Gestirn in dem verworrnen Treiben:
Wölbt hoch sich wieder des Gesanges Brücke,
Und kühn darf ich der alten Lust vertrauen,
Denn ewiger Frühling will bei *Liebe* bleiben.

IN EINEM DÜRREN SOMMER

Gabriele Wohmann

Heut ist die Schwüle so, dass ein Feuer sich von selbst entzünden kann. Im vergangenen Jahr hat der Windwurf alles vernichtet. Die Leute, die von der Kiefer leben, erinnern sich gut daran: es war die Zeit, in der gerade die Zäpfchen an den Triebspitzen erschienen waren, und der Sand so trocken wie in diesem Jahr. Aber in diesem Jahr gibt es keinen Wind. Feuer könnte es geben.

Er spürt den kühlen Stein an den Waden; er sitzt oben auf den grauen breiten Spülbecken, sieht zu, wie die Wäsche im Zuber steigt überm seitlich einströmenden Wasser.

Es hat in diesem Jahr keinen Sinn, mit dem Wind zu rechnen. Er steht auf und dreht den Hahn zu und zieht aus dem Auslaufrohr den Korkstöpsel-Kiefernkork: man kann hingehn wo man will, der Kiefer weicht man nicht aus.

Schaumblasen bauschen sich in blauglitzernden Nestern um den Abflussrost. Er setzt sich wieder auf die Steinwand zwischen dem mittleren und dem letzten Becken.
Mit der Kiefer würde er nie zu tun haben, das hatte er als Kind schon beschlossen. Die zweite Möglichkeit und zugleich die letzte: das Wasser. Arbeit in der Waschanstalt. Im Kellerdämmer der Wäscherei, nass und warm aus den schimmelnden Mauern atmend, war die holzige Kiefernwelt kaum wirklich. Und außerdem fand hier unten Gallus Schek mittags und abends sich ein, um vorm Steinbecken sich zu waschen, immer wählte er das letzte, das unterm Fenster. Als er zum ersten Mal im Versteck hinter der Wringtrommel kauerte, hatte er nicht damit gerechnet, dass Gallus sich so gründlich wüsche. Er kam vom Kiefernkorkschälen oder vom Graben oder vom Zapfenpflücken, aber immer zog er den Rock aus und das Hemd und wusch sich, prustend, wie ein Schwimmer, seine Brust wirkte dann schwarz von den im Wasser glatt heruntergesträhnten Haaren.

Im letzten Jahr, als der Windwurf alles kaputt gemacht hatte, war Gallus mit den andern jungen Männern zum Schwimmen an den Kanal gegangen, und er hatte sich dazugeschlichen; die Mädchen lagen auf dem andern Ufer in der Sonne. Es hatte auch weniger Arbeit in der Wäscherei gegeben, an manchen Tagen fast nichts.

Nicht auf den Wind verlassen in diesem atemanhaltenden Sommer, der so stumm ist, als verberge er was, als sei der Wind zurückgehalten von irgendwas, das sich verbergen will. Einer der Sommer, in denen alle auf ein Unheil warten. Feuer. Niemand würde sich wundern. In solchen Sommern fängt es von selbst an zu brennen, ohne Flamme am Anfang.

Das Spülwasser ergießt sich über den Zuberrand. Er starrt auf die schwarzen Hähne an der pilzigen Wand: Wasser lässt sich abstellen, Feuer lässt sich legen.

In dem Sommer mit dem Windwurf kamen nach dem Schwimmen die jungen Männer ans Mädchenufer gekrochen, und er hinterher, kamen wie Seelöwenmänner zu den Mädchen ans Land gekrochen. Gallus Schek rutschte dicht an die Büsche, warf Steine auf den milchigen Kanalspiegel, flach, so dass sie hüpften, dreimal, viermal. Sein Haar auf der Brust kräuselte sich langsam im Warmwerden. Hinterm Buschversteck konnte man lauern und hinsehn, ohne Angst, ohne Eile, konnte Gallus betrachten. Der Windwurf hatte sie alle arbeitslos gemacht, Gallus und die anderen, und es gab wenig Wäsche. Sie lagen an den kahlgeschrubbten Ufern, die rotgelben Stammschäfte der Kiefern schimmerten im Sand, überall flachgemäht vom Windwurf die Schäfte. Sie spalteten sich aus der rissigen Borke, dicke saftige Schuppen, und versuchten, sie auf den Kanal zu werfen, gegen den Wind: nur Gallus' Schuppen erreichten ihr Ziel, und die schwarz-gelbmarmorierten Samen pflückten sie aus den Zapfen und streuten sie in die Luft, damit sie die braunen Flügel öffnen sollten: aber nur die von Gallus flogen ein Stück weit. Den Sommer mit dem Windwurf hatte die Kiefer völlig verloren.

Er steht auf, geht an die Wand mit den Wasserhähnen. Er dreht die Griffräder nach rechts. Aus. Trockener Sommer. Ohne Wasser wird es nichts schaden, dass es keinen Wind gibt, dann brennt das weiche harzige Holz, der gelbe Splint gibt eine rußende Flamme: er kennt die Flamme, im Dorf arbeiten sie mit ihr, Pech-Abel zum Beispiel und die Teer- und Terpentinfabrik. Ein tiefangelegtes Feuer wird endgültiger als der Windwurf die Pflanzungen vernichten. Der letzte Hahn lässt sich nicht ganz fest zudrehen. Die paar Tropfen werden dem Feuer nichts anhaben. Er läuft über den Steinflur und dann die Treppe hinauf ins Tageslicht zwischen den glänzenden Kiefernstämmen; er erkennt unter den Männern, die den Kork schälen, das blaue Hemd von Gallus Schek. Er krampft die rechte Hand um die Streichholzschachtel, die er unten auf dem Grund seiner Kitteltasche hat. Den Geestweg entlang. Von der dichtesten Pflanzung aus muss das Feuer um sich greifen: von da wird es rot über die Nadelschirme fliegen. Am Schnittpunkt mit dem Weg, der vom Kanal heraufführt, kauert er sich in den Sand neben die einzige Kiefer, die einen Namen hat: Gallus-Schek-Kiefer – nach dem Großvater von Gallus Schek. Allen Windwürfen zum Trotz blieb sie stehen; ohne sie ist mit dem Feuer nichts Endgültiges zu erreichen. Sie muss zuerst fallen. Sie muss fallen, um viele kommende fettäugige Sommer der Arbeitslosigkeit zu sichern, Sommer wie Suppen. Er streicht sein heißes, vom Waschen gedunsenes Gesicht über die zerklüftete Schuppenhaut des Schafts, riecht das Harz. Rot und gelb werden die kleinen Zungen der Vernichtung über die Schirmkuppel schnellen und Platz schaffen für viele langsame ölige Sommer. Er presst das Streichholz gegen die Schachtelwand und reibt die rote Kuppe ab, auf und ab, ab, ab; er fängt an zu schreien und dann singt er: jetzt sieht er das Feuer, er kann es erkennen, rot, fette lange gellende Finger, er sieht, wie sie um die Schäfte greifen, sich klammern, gegen die Kronen gekrallt; er singt, legt den Kopf an die warme Rinde.

– Der macht wieder mal Feuer bei der Gallus-Schek-Kiefer, sagt Emera Wald zu Ketta Keber. Ketta Keber schenkt neu ein aus dem Blechkanister mit Kiefernschnaps.
– Für manches ist die Kiefer gut, sagt sie, für guten Schnaps und für die Beschäftigung von Irrsinnigen.
– Ich begreifs nicht, wieso man ihn nicht in ne Anstalt tut, sagt Emera.
– Der ist harmlos, sagt Ketta. Lasst ihn Feuerchen machen mit seiner Schachtel voll Zahnstochern. Den einzigen Schaden hat Gerald Mespel, dem er sie vom Schanktisch klaut.
Wenn sie die Nase dicht über dem braunen Zeug in ihrem Glas schweifen lässt, riecht sie den Geruch der dichtesten Pflanzung, oben am Kanal, hinter der Gallus-Schek-Kiefer; die Pflanzung riecht nach Feuer.
– Das ist die Vergangenheit, sagt sie, ihr Ton ist dick von künstlichem Pathos. Die Vergangenheit der Väter. Sie lacht. Kiefern, Kiefern. Die können dann schon mal einen um den Verstand bringen.

– Ich verstehs nicht, sagt Emera, sie schiebt ihr Glas in engen Kreisen über die Wachstuchdecke und starrt hin dazu. Man sollte ihn einsperren. Richtig mit Pflege. Man kann nicht wissen, obs sonst nicht plötzlich mal ernst wird. Ein Feuer ist immerhin ein Feuer, ich weiß nicht.
Sie stecken beide die Köpfe aus dem Fenster und schnuppern in die harzträge Luft. Heut ist die Schwüle so, dass ein Feuer sich von selbst entzünden kann.

SCHWARZSCHATTENDE KASTANIE

CONRAD FERDINAND MEYER

Schwarzschattende Kastanie,
Mein windgeregtes Sommerzelt,
Du senkst zur Flut dein weit Geäst,
Dein Laub, es durstet und es trinkt,
Schwarzschattende Kastanie!
Im Porte badet junge Brut
Mit Hader oder Lustgeschrei.
Und Kinder schwimmen leuchtend weiß
Im Gitter deines Blätterwerks,
Schwarzschattende Kastanie!
Und dämmern See und Ufer ein
Und rauscht vorbei das Abendboot,
So zuckt aus roter Schiffslatern
Ein Blitz und wandert auf dem Schwung
Der Flut, gebrochnen Lettern gleich,
Bis unter deinem Laub erlischt
Die rätselhafte Flammenschrift,
Schwarzschattende Kastanie!

Urlaub ist mehr als Müßiggang

GEDANKEN ZUR MUSSE

HEINRICH VON KNORRE

Beschäftigt man sich einmal mit dem Thema der Muße, dann fällt einem auf, wie selten heute von Muße geredet wird. Will dieses besagen, dass sie ebenso wenig gepflegt wie von ihr gesprochen wird? Ja, was ist sie überhaupt? Wenn der Duden die Muße als „freie Zeit" definiert, so ist sicher damit nur die Voraussetzung derselben verdeutlicht. Gewiss ist Muße frei sein von Pflichten. Es ist jedoch umgekehrt nicht jede freie Minute Muße. Damit kommen wir zum ersten Punkt unserer Betrachtung:

Muße ist gestaltete freie Zeit.

Hierbei ist wesentlich, dass die Gestaltung schon im Verhältnis zur Arbeit einsetzt. Wie viele Freiberufliche zum Beispiel können abends mit der Arbeit kein Ende finden und gönnen sich nicht den notwendigen Ausgleich. Das fängt beim Arzt beispielsweise bei der Bereitschaft an, von den vielen täglich zugesandten Publikationen nur die wenigen, wirklich wesentlichen zu lesen. Sicher liegt das Besondere heute fast mehr in dem, was wir unterlassen, als in dem, was wir tun. Wenn uns auch das Neinsagen schwer fällt, ist es doch die einzige Möglichkeit, zu einem echten Ja zu kommen. Gestaltung heißt also bewusster Verzicht auf vieles Aktuelle zugunsten dessen, das sich nicht so vordergründig aufdrängt. In der Hetze kann nicht unterschieden werden, was wichtig und was unwichtig ist. Man sieht alles nur in schwarz und weiß, erledigt die Arbeit, weil sie getan werden muss, und tut sie ganz unpersönlich. Die eigene Note und die Freude an der Arbeit gehen in dieser Überanspannung verloren. Gestaltung bedeutet also, dem Leben den einen eigenen Stempel aufzudrücken und sich nicht von den Umständen oder einem sogenannten schlechten Gewissen (zum Beispiel „das muss man gelesen haben“) beherrschen zu lassen.

Wie die freie Zeit nun im Einzelnen ausgefüllt wird, ist bei jedem verschieden und soll ja gerade persönlich sein. Der eine wird seinem Hobby nachgehen, der andere Sport treiben, und so könnte man fortfahren. Gestalten heißt ja nicht Planen. Die innere Linie in dem, was man unternimmt, ist entscheidend und weniger, was geleistet wird. Die Muße soll ja gerade in einem echten Gegensatz zur Arbeit stehen. Da jede Arbeit eine Anspannung ist, gilt von der Muße, dass sie Entspannung bringen soll.

Diesen Tatbestand finden wir auch sprachlich bestätigt, da im Lateinischen zum Beispiel Arbeit „negotium = Nicht-Muße" heißt. Hier muss aber gleich einem Missverständnis vorgebeugt werden. Entspannen erfolgt nicht unbedingt dadurch, dass ich nichts tue, sondern dadurch, dass es zu einem Ausgleich kommt. Wer körperlich arbeitet, wird durch Tanz oder Spaziergang kaum entspannen können, genau wie der geistig Arbeitende im zusätzlichen Abendstudium nicht ohne Weiteres den nötigen Ausgleich findet. Doch ist wohl noch feiner zu differenzieren: nicht jede körperliche Betätigung bedeutet für den geistig Arbeitenden einen Ausgleich. Das Laufen zur Straßenbahn hat eine andere Wertigkeit als der Spaziergang im Wald oder im Park. In der Medizin finden wir die Tatsache, dass körperliche Ruhe nicht jedem Entspannung bedeutet, zum Beispiel in den sogenannten Entspannungsübungen der Psychotherapie bestätigt. Für motorische lebhafte Menschen sind sie völlig ungeeignet und steigern nur die vorhandene Unruhe. Entspannung wird also in einem Zustand zu suchen sein, der eine Distanzierung zur Arbeit ermöglicht, einem Zustand, der keine Vollkonzentration verlangt. Da wir alle heute unter einer vermehrten Anspannung ohne Ausgleich in der Muße leben, kommt es bei weniger belastungsfähigen Menschen vielfach zum sogenannten Nervenzusammenbruch.

Muße muss individuell, das heißt persönlich gestaltet werden,

das heißt den eigenen Möglichkeiten und Grenzen angepasst werden. Wenn wir auch wissen, dass die Begabungen verschieden verteilt sind und der eine mehr leisten kann als der andere, so reizt doch die Leistung des Nachbarn unseren Ehrgeiz. Die Folge ist dann, dass wir uns auf Gebieten betätigen, die uns gar nicht liegen, während unsere Möglichkeiten nicht zum Zuge kommen. Es ist nur allzu verständlich, dass sich hieraus Unzufriedenheit entwickelt, die sich bis in körperliche Erscheinungen wie Magen- und Gallebeschwerden steigern kann.

Man kann vier Stufen des Freiseins unterscheiden: Ablenkung, Spiel, Gespräch, Stille. Das macht deutlich, dass wir nur schrittweise und manchmal mehr, manchmal weniger in die Muße hineinkommen. Entscheidend ist nun, dass wir bis zur letzten Stufe vordringen und uns nicht mit den ersten zufriedengeben, da jede Stufe für die Lebensgestaltung ihre eigene Bedeutung und ihren besonderen Wert hat. Der eine wird schneller abschalten können als der zweite. Letzterer wird sich also mehr Zeit nehmen müssen, um bis zur vollen Stille zu gelangen und wird äußerlich deswegen weniger „leisten" können. Wesentlich aber ist, dass wir unser persönliches Tempo einzuschlagen lernen. Erfolgt dieses nicht, mag der Betreffende wohl ein guter Maschinist werden, der seine Maschine wartet, aber als Mensch wird er zusehends verkümmern. Unsere Freizeit ist ja nicht als Fortsetzung unserer Arbeit, nur auf einem anderen Gebiet, gedacht, sondern

Muße ist drittens Bereitschaft für das Fremde.
Viele sind so „stur", dass sie nicht abschalten, sondern nur umschalten. Sie erfüllen zu Hause weiter ihre Zahnradfunktion, nur auf einem anderen Gebiet. Nicht wenige rühmen sich sogar, was sie alles geleistet haben. Sie folgen damit der heute so verbreiteten Anschauung und verachten jeden Müßiggang.

Von daher ist dann ein Gebet wie das des indischen Theologiestudenten Martin befremdlich: „Herr, ich möchte faul sein." Und doch ist nur so die Begegnung mit dem bisher Unbekannten möglich. Das Neue, das Andersartige kann nur in der Entspannung, im „dösenden Fantasieren" erkannt werden. Damit soll gesagt sein, dass wir die Erlebnisse nicht in unser übliches Schubfach einordnen, sondern neue Seiten und Perspektiven kennenlernen.

Muße ist das Dürfen, Arbeit ist das Müssen. Die Muße schließt den unmittelbaren Zweck aus, der der Arbeit als solcher gerade anhaftet. Während jede Arbeit zielgerichtet auf einen Abschluss zustrebt, wird in der Muße die Vielzahl der Möglichkeiten uns erst erschlossen.

Hierbei drohen jedoch Gefahren, die beachtet werden sollten. Die Muße darf nicht erfahren machen wie die Lektüre einer Illustrierten. Sie soll ja gerade helfen, die Vielfalt der uns begegnenden Einzelgrößen zu ordnen und zu einer Durchdringung und Bewertung derselben zu kommen. Auch kann sie nicht „verplant“ werden. Hat man sich einmal vorgenommen, dieses und jenes alles von Samstag früh bis Montag früh zu tun, dann hat man ein festes Arbeitsprogramm und wird nicht tun können, wozu man gerade dann Lust hat.

Muße ist letztlich auch Bekenntnis zum Menschsein. Ich lebe, um zu arbeiten, und arbeite, um zu leben. Keine der beiden Aussagen ist für sich allein gültig, sondern erst zusammen drücken sie die Wahrheit aus. Von Bedeutung ist ja nicht, dass ich etwas getan habe, sondern was ich wie getan habe. Die Entscheidung darüber wird in der Muße gefällt. Eine mittelalterliche Stadt kann man ja auch nicht am besten erkennen, wenn man unmittelbar vor ihr steht, sondern erst, wenn man sie – etwa vom Berge aus – auf Distanz sieht. Um diese Distanz zu den Dingen unseres Lebens geht es in der Muße. Im Gespräch mit dem Freund, wo es mir nicht darauf ankommt, ihn von meiner Meinung zu überzeugen, sondern gemeinsam

etwas zu verstehen, wird in der Verallgemeinerung des speziellen Problems etwas von der Distanzierung deutlich. Wir bemühen uns um das Erkennen und Verstehen des Eigentlichen. Erst hier treten Gesichtspunkte hervor, an die ich alleine nicht gedacht hätte. Wie oft sind unsere Gespräche jedoch nur wechselseitige Monologe.
Lernen wir endlich unser Leben mehr und mehr vor Gottes Angesicht und nicht mit unserer christlichen „Brille“ zu sehen, dann beginnt vieles eine andere Bedeutung zu erhalten. Wir müssen dann nicht immer „im Dienst für Christus“ sein, wir lernen die Bedeutung des Sonntags und des Urlaubs als besondere Möglichkeiten der Begegnung mit Gott schätzen und entziehen uns der Stille vor dem Herrn nicht durch eine christliche Vielgeschäftigkeit.
Diese Flucht mag viele Ursachen haben. Eine ist sicher, dass wir die unfruchtbare Stille fürchten. Stille ist nämlich nicht immer bereichernd, sondern kann auch fürchterlich öde

werden. Dieser Gefahr können wir nur entgegentreten, wenn wir erkennen, dass unser Geist nicht autark ist, sondern immer neu der Anregung von außen bedarf. Auch Christus hat uns nicht befohlen, nur über den Problemen unseres Lebens zu beten, sondern hat uns sein Wort gegeben, von dem her wir lernen sollen. Hat uns dieses Wort als die fremde – und nicht altgewohnte – Botschaft getroffen, dann hat wahrlich Gott zu uns gesprochen. Durch die Muße sind wir auf dieses Hören zubereitet, ja erst dazu fähig gemacht worden. Damit hat sie dann ihre vielleicht wesentlichste Bedeutung erfüllt.

GUTER RAT

THEODOR FONTANE

An einem Sommermorgen
Da nimm den Wanderstab,
Es fallen deine Sorgen
Wie Nebel von dir ab.

Des Himmels heitere Bläue
Lacht dir ins Herz hinein,
Und schließt, wie Gottes Treue,
Mit seinem Dach dich ein.

Rings Blüten nur und Triebe
Und Halme von Segen schwer,
Dir ist, als zöge die Liebe
Des Weges nebenher.

So heimisch alles klinget
Als wie im Vaterhaus,
Und über die Lerchen schwinget
Die Seele sich hinaus.

VERSUCH ÜBER DAS TRETBOOT

Ein Beitrag zur Philosophie

JOSEPH VON WESTPHALEN

Verdrängung hält uns über Wasser. Ohne Verdrängung kein Auftrieb. Die Masse, die ein Körper verdrängt, hebt ihn nach oben – oder so ähnlich. Das fiel Archimedes vor 2 300 Jahren in der Badewanne auf. Dank der Verdrängung können Schiffe aus Eisen schwimmen. Die Psychologen weigern sich noch immer, dieses zwingende Gesetz der Körper auf die Seelenlehre zu übertragen, obwohl einiges dafür spricht, dass wir auch ohne geistige Verdrängung elend untergingen.

Neben der Verdrängung hält uns der Spott über Wasser. Hier gibt es keine physikalische Analogie. Fast über alles sollte der Kenner spotten, nur nicht über das, worüber die blöde Masse sich jökelnd erhebt. Tretboote zum Beispiel. Sie werden schnell zum Gegenstand niveauloser Witzelei. Weh dem, der über Tretboote spottet; er hat nichts vom Sinn des Lebens begriffen.

Das Boot und die Bootsfahrt sind bekanntlich beliebte Sinnbilder des Lebens. Das stolze Segelschiff, der wohlgeformte Kahn, ja selbst der mit schnödem Volldampf vorauseilende Dampfer sind vieltausendfach besungen worden. Kaum eine Silberhochzeitsrede oder Beerdigungsansprache, kaum ein Epos beginnt oder schließt, ohne dass von der Schifffahrt die Rede ist, die nun beendet oder so gut wie beendet sei oder beginne, jaja. Kein Festredner oder Epensänger wird sich den Hinweis verkneifen, dass manches schwere Wetter, mancher hohe Seegang überstanden werden musste, bevor der mit allen Wassern .gewaschene Junggeselle im Hafen der Ehe, der abgetakelte Kollege im verdienten Vorruhestand, der Siechende im sicheren Port des erlösenden Todes vor Anker gegangen sei.

Festreden und Epen sind wie die gesamte Literatur verlogen. Deswegen bleibt das Tretboot unerwähnt, obwohl es das passendste Sinnbild für unser Dasein zu Wasser und zu Land wäre. Allerhöchste Zeit, dem Tretboot endlich seine längst verdiente Anerkennung auszusprechen und das Ende seiner Diskriminierung zu verlangen. Das Tretboot ist die zwingendste, kühnste, wahrhaftigste Metapher des Lebens und natürlich die erschreckendste. Deswegen bleibt es unerwähnt im Singsang opportunistischer Poeten und im Geschleim der Laudatoren. Sein Nichtvorkommen in Literatur und Rhetorik des Abendlands ist unübersehbar.

Ernst Robert Curtius widmet in seinem überaus gelehrten Knüller über „Europäische Literatur und lateinisches Mittelalter" der Schifffahrtsmetapher ein eigenes Kapitel. Nun muss zwar die Geschichte der Schifffahrtsmetapher nicht neu geschrieben werden, denn das Fehlen des Tretboots bei Curtius entspricht ja dem Fehlen des Tretboots in der Literatur. Dieses Fehlen ist ein bemerkenswertes Armutszeugnis für die abendländische Kultur.

Die herkömmliche Schifffahrtsmetapher ist billig, abgedroschen und trügerisch. Sie gaukelt uns vor, das Leben habe einen sinnhaften Ausgang und ein sinnhaftes Ende, es gäbe Sturm und Flaute, aber mit Verwegenheit käme man schon durch. Man stellt sich ein stolzes Schiff vor, einen edlen Kahn, nobel gebauschte Segel, gepflegte Kajüten, Messing, Mahagoniholz, elegante Reling, beruhigende Anker, formvollendete Sextanten; siegessicher nach Norden weisende Kompassnadeln machen uns vor, dass wir mit Schönheit und Würde durch die Fährnisse des Lebens steuern, mit Intelligenz und unter geschickter Ausnützung der natürlichen Kräfte.
Schön wäre es. Alles Augenwischerei. Nichts gegen Augenwischerei. Muss auch sein. Nichts gegen Selbstbetrug. Man muss nur wissen, dass die Bilder nicht stimmen.
Das Tretboot macht uns nichts vor. Keine schönen Planken, kein Abenteuer, kein Bootskörper wie eine Liebeslaube. Deswegen können und wollen wir das Tretboot

auch nicht lieben. Die Wahrheit ist nicht liebenswert.
Das Tretboot ist unschön wie das Leben. Es ist eigentlich das Letzte. Wie das Leben. Es fährt nicht dorthin, wohin man will. Wie im Leben. Es hält den Kurs nicht. Es macht einen weder zum gelassenen Passagier noch zum Kautabak kauenden Matrosen und schon gar nicht zum Piraten. Das sind alles Illusionen, Seefahrerromantik. Das Tretboot ist realistisch. Es macht uns zu dem, was wir alle sind: zu Touristen. Zu rosa Ausflüglern. Zu Familienvätern. Zu albernen Onkeln aus Amerika.
Das Tretboot ist zu Wasser das, was zu Land die Tretmühle ist. Es macht uns zu Goldhamstern. Es ist das ideale Symbol für die Vergeblichkeit. Man tritt im Kreis herum, und man fährt im Kreis herum. Das Ziel ist der Ausgangspunkt. Der Bootsverleih. Heißt es nicht mahnend, dass auch das Leben nur geborgt sei? (Von einem Seelenhändler. Ogottogott.) Erschütternde Analogie. Während wir im schmucken Kahn, in der schnittigen Yacht

oder Jolle sofort vergessen, dass unser Wasserfahrzeug entliehen ist, und uns nach wenigen tüchtigen Ruderschlägen oder nach dem Hissen der Segel als urige Seefahrer fühlen, als Beherrscher internationaler Gewässer, als Quasischiffseigner, bleibt auf dem Tretboot das demütige Mieterbewusstsein erhalten. Kein normaler Privatmensch besitzt ein Tretboot oder will eines besitzen. Kein noch so verzogenes Kind wünscht sich ein Tretboot. Leihen und Verliehenwerden gehört zum Wesen des Tretboots. Jeder will es rasch loswerden. Dabei fällt dem wachsamen Beobachter der Küsten auf, dass die Tretbootverleiher ihre schwimmenden Plastikmetaphern fast verlegen verleihen und freudlos wieder in Empfang nehmen. Verleiher und Leihender bilden eine peinlich berührte Symbiose. (Ist nicht der Leihende der wahrhaft Seiende – und dem ist – mit oder lieber ohne Heidegger – klar, dass die kommende halbe Stunde nicht dem Vergnügen dient, sondern der Läuterung.) Dem möglichen Gespött nichtsnut-

ziger Strandbummler ausgesetzt, muss sich der Tretbootfahrer wieder einmal strampelnd die Erfahrung der Vergeblichkeit erarbeiten und vielleicht seinem Nachwuchs dieselbe nahebringen. Die Einübung in den höheren Unsinn des Lebens bleibt meist den Vätern vorbehalten. Abwicklung nihilistischer Initiationsrituale ist Männersache. Mütter denken positiver und entziehen sich in der Regel der Tretboottortur mitsamt der bitteren Lektion.
An den Gestaden des Mittelmeers sind die Verleiher oft unauffindbar, wenn man mit der Zweikufenschwimmwanne den Strand wieder erreicht und die Leihgebühr entrichten will. Auf nahezu mythologische Art verschwunden sind die Verleiher – und das kann nur heißen: Sie wollen mit der Erkenntnisqual ihrer Kunden nicht auch noch Geld verdienen.
So lächerlich ist das Tretboot, dass es nicht einmal in den Kino-Werbespot der Eiscremefirma Langnese Aufnahme fand. Dieser kurze Film ist eine bewegte Ikone des europäischen Ferienhumors am Ende des 20. Jahrhunderts.

Vor keiner Albernheit des hochsommerlichen Strandlebens wird zurückgeschreckt. Alle Freizeitvergnügungen, die Riviera und Adria zu bieten haben, sind hier angehäuft. Warum fehlt die eisschleckende Familie auf dem Tretboot? Weil auch die Werbefilmer begriffen haben, dass Tretbootfahren mit Freizeit und Vergnügen nichts zu tun hat, dass es mehr eine Art säkularisierte Bußfahrt zu Wasser ist, eine Wallfahrt ohne Ziel.

Da in unseren matten Zeiten wenig Erkenntnisdrang herrscht, wird immer weniger Tretboot gefahren. Meist stehen die federleichten Ungetüme orange, rosa oder türkisgrün unbenutzt am Strand. Zu allem wird man am Ferienstrand aufgefordert: zum Kaufen von Kokosnussscheiben und ostafrikanischen Tüchern, zu gewagten Drachenflügen und Wassermotorschlittenraserei, zu Busfahrten und abendlichen Diskothekbesuchen mit Papagallo-Animation – nie wird man zum Tretbootfahren ermuntert.

Die Tretboote sind vom Aussterben bedroht,

und damit wird ein weiteres Mittel zur Erkennbarkeit des Elends verschwunden sein. Deswegen müssen nicht nur die Wale, sondern auch die Tretboote geschützt, gerettet und erhalten werden.
Möglicherweise arbeitet das Tretboot auf sein eigenes Aussterben hin. Wie die Dinosaurier der Urzeit vor ihrem Verschwinden von der Bildfläche absonderliche, unfunktionale Höcker und Zacken ausbildeten, so tauchen in jüngster Zeit Tretboote mit seltsamen Aufbauten auf. Rutschen und kleine Sprungplattformen wurden gesichtet. Das Benutzen der Rutsche empfiehlt sich nicht. Unerfreulich plumpst der Körper ins Wasser, das leichte Boot gerät dabei durch den Rückstoß mehr in Fahrt als der rutschenwollende Mensch. Der Versuch schließlich, beim Sprungplattformtretboottypus von der Sprungplattform ins Wasser zu springen, muss grässlich scheitern, denn im Augenblick des Abspringenwollens drückt man den nachgiebig schaukelnden Bootskörper ins Wasser und findet keine

feste Basis zum Absprung, wie man ja auch von einer Luftmatratze aus keine eleganten Köpfer ins Wasser tun kann. Unklar ist noch immer, ob diese Neuerungen normale Auswüchse des waltenden Erfinderirrsinns sind, sprich Geldmacherei, oder ob damit bewusst der ohnehin schon erhebliche Sinnlosigkeitsgehalt des Tretboots eine weitere Steigerung erfahren soll.

Ungeachtet dieser bedenklich endzeitlichen Entwicklungen sollte der demokratische Charakter des Tretboots nicht unerwähnt bleiben. Man braucht nicht Gold und Kasse. Fast jeder kann sich das Vergnügen leisten, das freilich keines ist. Darüber hinaus ist das Tretboot ein Vorbild, was das Aufbrechen (verkrusteter!) hierarchischer Strukturen angeht. Der Tretbootfahrer ist nämlich Kapitän, Steuermann und Galeerensklave in einer Person. Das Segel- oder Motorboot macht den Benutzer zu etwas Besserem, der Kahn macht ihn zum Ruderknecht – kein anderer Schiffstyp bietet so viel Dreieinigkeit zu einem so günstigen

Preis. Auch dass das Tretboot für sportliche Wettkämpfe untauglich ist, macht es sympathisch und gibt ihm eine angenehme Leistungsverweigerungsnote. Wunderbar wettbewerbsunfähig ist das Tretboot. Es gibt keine Tretbootregatta. Obendrein ist das Tretboot liebenswerterweise der einzige Schiffstypus, der nicht für militärische Zwecke verwendet wird. Hierin ist es dem Floß überlegen, das auch kein schlechtes Sinnbild für das schlingernde Leben ist, das aber dauernd von derben Pionieren zum Übersetzen von Panzern für Eroberungszwecke missbraucht wird.
Zu einer Flucht über das Wasser eignet sich das Tretboot nicht. Das einzige, was der Flüchtling mit sich trägt, ist der Ersatz seiner Würde: sein erbarmungswürdiger Anblick. Dieser letzte Besitz käme ihm bei der Flucht mit dem Tretboot abhanden. Aus der Tragödie würde eine Groteske, aus der Rettung eine Farce, das Verzweiflungsvolle erhielte einen komischen Anstrich. Insofern wäre die Fantasie einer Massenflucht auf Tretbooten vielleicht gar

nicht so zynisch, wie es zunächst erscheinen mag. Die Vorstellung, dass Hunderte von Tretbooten übervoll mit Trauben von albanischen und ex-jugoslawischen Schutzsuchenden besetzt auf der Adria schaukeln und sich trotz weitgehender Manövrierunfähigkeit langsam in Richtung italienische Küste bewegen, ist zwar befremdlich, aber nicht inhuman. Vielleicht lässt sich dem tödlichen Ernst der Geschichte nur so entkommen. Tretboot-People – das wäre ein schlechter Witz. Einen schlechten Witz hält keine fluchtvereitelnde Soldateska auf, ein schlechter Witz wird von keiner Fremdenpolizei ausgewiesen. Ein schlechter Witz macht machtlos. Weder Hašeks braver Soldat Schwejk noch Grimmelshausens Simplicissimus hätten ein Tretboot zu ihrer Rettung verschmäht. Thomas Mann war natürlich zu blasiert, um im „Tod in Venedig" ein Tretboot vorkommen zu lassen, obwohl sich die Novelle wahrhaftig besser lesen ließe, wenn ihr schwülstiger Symbolismus von einer furztrockenen Tretbootmetapher durchbrochen wäre. Man spürt förmlich, dass Thomas Mann es sich verkniffen hat zu schreiben, wie des hüstelnden Gustav Aschenbachs homoerotisches Auge nimmersatt auf dem tretbootfahrenden Tadzio liegt, der mit seinem flotten Ringelbadeanzug selbst beim Gestrampel eine souverän-elegante Figur abgibt.

Wenn schon die Autoren das Tretboot so schmählich meiden, sollten es wenigstens die Theaterregisseure reichlich als Requisit benutzen. (Billig! An Subventionsstreichung denken!) Dringend empfiehlt sich das Tretboot bei Beckett-Inszenierungen. Das Warten auf Godot im Tretboot, oder im „Endspiel" ein Tretboot statt der ewigen Mülltonnen – das gäbe den existentialistischen Stücken erst letzten Sinn und existentielle Bedeutung.

Wenn etwas nicht überliefert wurde, muss das nicht heißen, dass es nicht stattfand. Weil das Tretboot immer ein Sonderling unter den Schiffen war, hat sich kein Kulturgeschichtsschreiber seinetwegen bemüht. Obwohl nichts dagegen spricht, dass schon die Königskinder im alten Ägypten mit kleinen Tretbooten auf dem Nil auf und ab gefahren sind. Klein Moses wurde in einem Bast-Tretbötchen ausgesetzt. Das Nil-Tretboot ist vermutlich eine Vorform der Mississippi-Raddampfer. Auch Cäsar und Kleopatra sind vermutlich Tretboot gefahren (in George-Bernard-Shaw-Inszenierungen einbringen, in Shakespeare-Inszenierungen hineinfälschen!) – deswegen konnte aus der verheißungsvollen Affäre nichts werden. Das Tretboot ist nämlich ein Liebestöter. Das ist sein Grundfehler. Es ist kein Ort für Leidenschaften. Die Liebe mag keine Albernheiten. In jedem Kahn, jeder Barke, Gondel, auf jedem Kutter kann man der Liebe frönen wie man will, zart oder ungestüm, unbeholfen oder raffiniert, brüllend oder still. Das Tretboot ist hierfür nicht zu gebrauchen. Mit einer Liebeserklärung auf dem Tretboot würde man sich lächerlich machen, jeder Versuch zu vögeln endete mit einem enterotisierenden Lachanfall.

Das Tretboot öffnet einem die Augen, und die

Liebe macht schön und blind. Das geht nicht zusammen. Die blinde, dunkle, wüste, schwere Liebe ist der hellen, leichten, schwankenden Erkenntnis vorzuziehen. Deswegen sollte sich der Einsatz für das Tretboot in Grenzen halten. Gespendet wird nicht! Opfer werden nur der Liebe gebracht, nicht der Erkenntnis. Zunächst sieht das Tretboot so aus, als habe es nicht mehr als einen lustigen Vierzeiler verdient. Wie alles Lächerliche muss es aber ernst genommen werden. Das haben wir jetzt lange genug getan. Zur Hölle mit dir, du abscheuliches Vehikel! Ich pfeife jetzt auf gleißende Erkenntnisse. Wir sitzen alle in einem Tretboot, schon recht, ich weiß. Eben deswegen will ich allein der Liebsten gegenübersitzen, in einem anständigen Kahn und im Dämmerlicht.

NOGA MAG KEINE BEFEHLE

RAFIK SCHAMI

Lustlos gingen die Besucher an den bescheidenen Gehegen und Käfigen des kleinen Heidelberger Zoos vorbei. Die Schwüle des Sonntagnachmittags lastete schwer auf den Bäumen. Kein Blatt schien gewillt zu sein, noch das leiseste Geräusch von sich zu geben.

Die Tiere hingen träge herum, und wenn sie nicht ab und zu die Fliegen ruckartig mit einem Zucken ihrer Ohren oder ihrer Schwänze vertrieben hätten, hätte man sie für perfekt nachgebildete Wachsfiguren halten können. Manchen Besuchern aber war diese Fliegenvertreibung zu wenig für die acht Mark, die man an der Kasse bezahlen musste, und so sprachen sie auf die Tiere ein, als wären sie ihre eigenen Kinder, mal liebkosend, mal barsch auffordernd. Manch einer gestikulierte herum, so dass ich an Tucholskys „Affenkäfig" denken musste. Und ich lachte bei dem Gedanken, was wohl die Tiere von dem vorlauten Rentner mit dem bayerischen Trachtenanzug und Gamsbart dachten. Was sollte denn dieser arme Hirsch mit dem abgebrochenen Geweih auf die Frage antworten, die der Bayer in gequältem Hochdeutsch herausbrüllte: „Ja, wo hama denn unsere Hörner verloren?"

Ein paar Schritte weiter fragte eine alte Dame allen Ernstes einen verschmutzten Flamingo, warum er nicht „putzi, putzi" macht! Was wäre, dachte ich, wenn dieser Punker-Flamingo ein kurzes „Zieh Leine, Alte!" krächzen würde?

Irgendwie verlangten die Besucher Leistung, aber die Tiere leisteten bloß Gesellschaft, und so konnte ich das Gefühl nicht loswerden, dass einige sich um ihr Geld geprellt fühlten und dass sie bei jedem Schritt noch ein paar Pfennige retten wollten.

Ich fand es eigentlich köstlich, denn es war mein erster Zoobesuch. In Syrien, woher ich komme, gibt es keinen Zoo. Es war für mich

auch lehrreich, denn in diesem Zoo lernte ich den Unterschied zwischen einem Kamel und einem Dromedar kennen: ein Dromedar ist ein einhöckeriges Kamel, während ein Kamel zwei Höcker hat.
Das Absurde aber ist: das Wort Kamel kommt vom Arabischen, und in Arabien leben nur einhöckerige Tiere. Die Besoffenen in der Kneipe hatten also mehr Verstand als die Zoologen, denn sie beschimpften mich richtig: „Kameltreiber!", riefen sie, wenn sie erfuhren, woher ich kam.
Mein Nachbar in Damaskus, ein alter, vielgereister Kutscher, hatte mir oft von diesem Wundertier Kamel erzählt, das eine Woche lang ohne Wasser leben kann. Es sei so klug, sagte er, dass es sogar im Sandsturm eine Fata Morgana von einer Oase unterscheiden könne. „Wenn die Menschen Dromedare wären", sagte mein alter Nachbar oft, „hielten sie den Schein nicht für Sein." Der Kutscher hatte immer eine ganz eigentümliche Meinung von Menschen und Tieren. Als er ein-

mal lange das Bett hüten musste, weil ihn sein liebster Maulesel ganz niederträchtig getreten hatte, schimpfte er nicht etwa auf das störrische Tier, das ihn in die Hoden getroffen hatte, sondern lächelte: „Siehst du, mein Kleiner, zehn Jahre habe ich ihn und habe ihn immer noch nicht verstanden."

Ich nahm mir vor, die deutschen Kollegen in Zukunft höflich daran zu erinnern, dass heutzutage kaum ein Araber ein Kamel führen kann, geschweige denn treiben, und dass sie sich etwas anderes einfallen lassen müssen, um uns zu beleidigen, da Kameltreiberei wie Aquarellmalerei eine Zunft der feinen Künste ist.

Für mich also waren die acht Mark wertvoller angelegt als die 2 000 DM für das Goethe-Institut, in dem ich von Heine nur die „Lorelei" gelernt habe und ihn deshalb irrtümlich für einen Heino des 19. Jahrhunderts hielt. Mit diesem Gedanken trat ich in das Affenhaus.

Eine Orang-Utan-Familie war vor der Hitze in den schattigen Käfig geflüchtet und döste

dort. Die Mutter lauste geduldig ihren großen Sohn, während ihr Baby sich an sie klammerte und mit großen Augen umherstarrte. Der Vater, ein gewaltiger Affe, saß ruhig in einiger Entfernung und schaute erhaben von seinem hohen Sitz auf das Publikum hinter dem Gitter.
Ein junger Südländer warf ihm ein paar Erdnüsse zu, die der große Patriarch aber keines Blickes würdigte. In diesem Augenblick fiel mir die geniale Bemerkung meiner Freundin Roberta ein: „Je entwickelter die Tiere, umso erbärmlicher ihre Behausung im Zoo."
Ein etwa vierzigjähriger Tierpfleger trat nun mit einem Eimer in der Hand durch die seitliche Tür in den Käfig. Er stellte den Eimer auf den Boden, schaute auf das Publikum, dann zu der Affenfamilie und brüllte, wie jemand, der nach einem Bier laut wird: „Fifi, Lola, Bimbi, Noga, raus! Jungs, raus!" Er winkte mit der Hand auf die Öffnung in der gekachelten Wand, durch die die Tiere in die Gehege gelangen konnten.
Keiner der Affen folgte dem Aufruf des Tier-

pflegers, trotz seiner strammen Haltung in den nassen Gummistiefeln. Nur die Mutter hörte auf, ihren Sohn zu lausen. Das Baby klammerte sich noch fester an ihren Hals. Der Mann fuhr mit dem Besenstiel kräftig über das Gitter, dass es knatterte.
„Raus, sage ich!“ Er unterstrich seine Stimme durch das laute Geknatter.
„Affen nix Deutsch verstehn!“, rief der junge Südländer, und der Wärter blickte zornig auf ihn herab.
Langsam und lautlos bewegte sich die Mutter auf die Öffnung zu, gefolgt von ihrem Jungen, sie blickte vorwurfsvoll zurück, dann legte sie die Hand auf ihr Baby und ging durch die Öffnung. Ihr Sohn entdeckte die Erdnüsse und streckte die Hand aus, um eine davon zu ergattern.
„Nicht rumgucken!“, rief der Tierpfleger, und das kleine, rötliche Geschöpf erschrak und eilte schimpfend durch die Öffnung, ohne die begehrten Nüsse zu erhaschen. Dem Wärter schien nun die Brust über das Hemd zu wach-

sen, er schien den Sieg über die drei Ururgroßeltern zu genießen.
„Brav!", ertönte seine Stimme wie eine lobende Peitsche, als die drei verschwunden waren.
„Boxen mit Affe!", rief der junge Südländer und zeigte dem stolzen Tierpfleger pantomimisch, was er meinte.
Eine scharfsinnige Beobachtung, dachte ich, denn es sah wirklich aus wie ein Boxring, der Pfleger wie ein munterer Boxer, der ungeduldig mitten im Ring auf den Rivalen wartet, und Noga auf seinem hohen Sitz, seine gewaltigen Arme ausgestreckt und an die Seile angelehnt, wie ein erfahrener Boxer, dem dieser psychologische Krieg mit dem jungen Kollegen gar nichts ausmacht. Er genoss offensichtlich die Pause.
„Noga! Wird's bald?", rief der Tierpfleger ungeduldig. Noga schaute ins Publikum, dann zur Decke – anscheinend einer neuen psychologischen Kriegslist folgend.
„Ja, was is'n los?", rief der beleidigte Rivale nervös.

„Du viel klein. Er können dich mit einem Haken kaputtmachen", rief der junge Südländer und führte mit seiner rechten Faust den von ihm gewünschten K.-o.-Schlag vor.
Noga aber führte nichts aus. Er fing stattdessen an, an einer Schraube zu drehen, die einen Alurahmen an der Platte festhielt.
Als der Mann rief: „Genug gespielt, raus!", hielt Noga die Schraube in der Hand, kostete sie und warf sie weg. „Genug jetzt!" Die Stimme des Tierpflegers überschlug sich, und er stürzte aufgebracht aus dem Käfig.
„Bravo!", rief der junge Südländer und klatschte in die Hände, und ein Lächeln huschte über die Gesichter des immer größer werdenden Publikums.
Noga beeindruckte das Klatschen nicht, er machte sich an die zweite Schraube, aber sie saß hartnäckig fest. Er gab es nach ein paar Versuchen auf und lehnte sich wieder zurück.
Nicht lange! Der Pfleger kam mit einem Wasserschlauch zurück in den Käfig. Er drehte an einem roten Ring am Ende des Schlauches,

und das Wasser spritzte in einem dünnen harten Strahl heraus. Er richtete ihn auf Noga, und das Wasser prallte auf den Affen und rieselte zurück. Die Zuschauer rückten kichernd vom Gitter weg.
„Na! Ist es jetzt besser?", rief der Tierpfleger und drehte am Ring. Der Wasserstrahl brach abrupt ab. Der durchnässte Noga schien das Ganze nicht zur Kenntnis zu nehmen, er starrte die Decke an.
„Du Verlierer", spottete der junge Südländer.
„Halt's Maul!", brüllte der Pfleger wütend und drehte wieder an dem Ring, aber er schien zu klemmen, und das Wasser tröpfelte nur zu Boden.
„Schlauch auf dich pinkeln!", rief der junge Südländer, und die Zuschauer lachten laut und zufrieden, als wären die acht Mark schon hinreichend zurückgezahlt.
Der Pfleger drehte wütend an dem Ring, und das Wasser schoss plötzlich in einem langen Strahl auf die Zuschauer.
Belustigt und laut lachend traten die Leute

weiter vom Gitter weg, nur der junge Südländer packte das Gitter und schüttelte daran, als wolle er es wegreißen.
Endlich spritzte aus dem Schlauch wieder ein kräftiger dünner Wasserstrahl, und der durchnässte Tierpfleger richtete ihn auf den Orang-Utan.
Noga blieb unbeweglich wie ein Stofftier sitzen, dann traf der Strahl sein Gesicht. Er sprang unwillig auf und stellte sich auf das Brett. Langsam drehte er sich um, bückte sich und streckte dem Tierpfleger auffordernd seinen Hintern entgegen.
Lautes Gelächter donnerte durch das Affenhaus. Der Wasserstrahl prasselte auf den Hintern des Affen und spritzte durch den Käfig. Verzweifelt schaute der Tierpfleger um sich, dann drehte er das Wasser ab.
„Noga! Noga, bitte!“, flüsterte er und warf den Schlauch auf den Boden.
Langsam richtete sich Noga auf, schaute über den Kopf des Tierpflegers hinweg und machte einen akrobatischen Sprung zu einem Auto-

reifen, der mit einer Kette an der Decke hing, von dort glitt er elegant über eine Stange zu Boden. Er ging an dem Tierpfleger vorbei, als wäre der Luft, bückte sich im Vorübergehen zu einer der Erdnüsse, stopfte sie sich in den Mund, schaute noch einmal kurz zum Publikum und eilte durch die Öffnung.

Quellenverzeichnis

Fotos:
Seite 7: © buchachon
Seite 36: © imagika
Seite 49: © Aamon
Seite 104: © Aleksandr Volkov
Alle Bilder entnommen aus: www.fotolia.com

Texte:
Seite 8/9 und 45/46: © Alle Rechte beim Autor
Seite 27-36 und 105-114: Aus: Urlaub währt am längsten. Die schönsten Geschichten von Sonne, Meer und freier Zeit, hrsg. v. Thomas Lardon. © Der Abdruck erfolgt mit freundlicher Genehmigung des Verlags der Francke-Buchhandlung, Marburg, www.francke-buch.de
Seite 38: Aus: *Eva Strittmatter: Sämtliche Gedichte* © Aufbau Verlag GmbH & Co. KG, Berlin 2006 (dieses Gedicht erschienen erstmals 1977 in E. *Strittmatter: Die eine Rose überwältigt alles* im Aufbau Verlag); Aufbau eine Marke der Aufbau Verlag GmbH & Co. KG
Seite 51/52: Aus: Friederike Mayröcker, Gesammelte Gedichte 1939-2003. Herausgegeben von Marcel Beyer. © Suhrkamp Verlag Frankfurt am Main 2004. Alle Rechte bei und vorbehalten durch Suhrkamp Verlag Berlin.
Seite 53-65: Aus: Hermann Hesse, Klingors letzter Sommer, in: ders., Sämtliche Werke in 20 Bänden. Herausgegeben von Volker Michels. Band 8: Die Erzählungen 3. © Suhrkamp Verlag Frankfurt am Main 2002. Alle Rechte bei und vorbehalten durch Suhrkamp Verlag Berlin.

Seite 67-74: Aus: Das große Kishon Karussell, übers. v. Friedrich Torberg. © 1974 by LangenMüller in der F.A. Herbig Verlagsbuchhandlung GmbH, München
Seite 95-102: Aus: Sieg über die Dämmerung. Erzählungen, DTV Verlag, München 1986 © Alle Rechte bei der Autorin
Seite 116-130: Aus: Joseph von Westphalen, Die Geschäfte der Liebe. © 1995 Deutscher Taschenbuch Verlag, München.
Seite 131-141: Aus: Rafik Schami, Die Sehnsucht fährt schwarz. Geschichten aus der Fremde.
© 1988 Deutscher Taschenbuch Verlag, München.

Wir danken den genannten Inhabern von Text- und Bildrechten für die freundliche Erteilung der Abdruckgenehmigung. Der Verlag hat sich bemüht, alle Rechteinhaber in Erfahrung zu bringen. Für zusätzliche Hinweise sind wir dankbar.